依据国家教育部和中央电视台

联合主办的《开学第一课》活动

·············"我的梦，中国梦"主题拓展原创版···········

梦想是一粒维生素

中央电视台《开学第一课》编写组 编

时代文艺出版社

图书在版编目（CIP）数据

梦想是一粒维生素／中央电视台《开学第一课》编写组编.—2版.
—长春：时代文艺出版社，2016.1（2023.7重印）
（开学第一课）
ISBN 978-7-5387-4929-8

I.①梦… II.①中… III.①中国文学—当代文学—作品综合集 IV.①I217.1

中国版本图书馆CIP数据核字（2015）第257173号

出　品　人　陈　琛
责任编辑　闫松莹
助理编辑　孙英起
装帧设计　孙　利
排版制作　隋淑凤

梦想是一粒维生素

中央电视台《开学第一课》编写组 编

出版发行／时代文艺出版社
地址／长春市福祉大路5788号　龙腾国际大厦A座15层　邮编／130118
总编办／0431-81629751　发行部／0431-81629755
官方微博／weibo.com／tlapress　天猫旗舰店／sdwycbsgf.tmall.com
印刷／北京市一鑫印务有限公司
开本／710mm×1000mm　1／16　字数／120千字　印张／12
版次／2016年1月第2版　印次／2023年7月第3次印刷　定价／36.00元

《开学第一课》编委会

编委会主任：韩　青　许文广

主　　编：许文广

副主编：卢小波

编　委：张雪梅　骆幼伟　张　燕　吴继红

　　　　刘翠玲　柏建华　孙硕夫　高　亮

　　　　夏野虹　钟　平　宋怡明　张春艳

　　　　邓淑杰　李天卿　曾艳纯　郜玉乐

　　　　孟　婧

《开学第一课》的价值

有人问我，《开学第一课》的价值体现在什么地方？我认为最重要的就是全社会希望并通过我们传递出来的价值观。多元是时代进步的标志，我们尊重不同的声音和价值理念，但是作为教育部和中央电视台联手举办的一项公益活动，我们要传递的是主流的、与时俱进又符合中华文明传统的价值观。

在2008年，我们通过《开学第一课》传递了抗震精神和奥运精神；2009年正值新中国60周年华诞，我们在象征着民族精神的长城，为孩子们播撒下爱的种子；2010年，我们告诉孩子们，一个拥有梦想的民族，一个不断仰望星空的民族，就是拥有未来的民族，人生的每一个阶段都需要梦想的指引、坚持和探索，而每个人的梦想汇集起来就可能成为国家的梦想、民族的梦想。

举办《开学第一课》三年来，我个人也有一个梦想，我梦想这项目光远大、朝气蓬勃的公益活动能够坚持举办十年，让它给这一代孩子的成长提供正面的、积极向上的力量，这就是《开学第一课》的意义所在。

我希望全社会的力量汇集起来，给孩子们一种价值观的教育，中央电视台愿意承担使命，连同教育部把这项公益活动做好。我们也欢迎全社会各界积极参与、支持，从出版、纸媒、网络、志愿行动、慈善事业等各个方面，加入到这个追逐共同梦想、打造恒久价值的公益活动中来。

由此，我亦十分高兴地看到《开学第一课》系列丛书的出版，我相信时代文艺出版社正是基于我们共同的理想，以出版的力量为孩子们的未来创造了更丰富的阅读食粮，为《开学第一课》的精神理念提供了更多样的传递方式。

中央电视台 许文广

目 录

001

第七部分　非童话故事

第五部分　透明的秘密

第六部分　听天使在唱歌

第一部分

鱼想飞

　　鱼鱼和妈妈生活在海中。在有太阳的日子里，明媚的阳光总是透过海水折射进来，鱼鱼喜欢游到海面上望着鸟儿唱着欢快的歌儿飞过。鱼鱼便有了一个伟大的梦想：在美丽的天空中自由飞翔！

——王翔《鱼想飞》

鱼 想 飞

王　翔

　　鱼鱼和妈妈生活在海中。在有太阳的日子里，明媚的阳光总是透过海水折射进来，鱼鱼喜欢游到海面上望着鸟儿唱着欢快的歌儿飞过。鱼鱼便有了一个伟大的梦想：在美丽的天空中自由飞翔！

　　妈妈问鱼鱼："为什么会那么想飞呢？"

　　鱼鱼兴奋地乱蹦着："因为我喜欢天空啊！蓝蓝的天上有白云，有太阳，到了晚上还有星星和月亮呢！多美啊！"

　　妈妈不解："属于我们的海洋不是同样美丽吗？要知道，我们只属于海洋啊！"

　　鱼鱼嘟起了嘴巴："可是我的梦想是飞呀！我应该为我的理想而努力的。"

　　说完，鱼鱼便去和伙伴们玩耍了。妈妈叹了口气，心疼地望着自己的孩子。

　　为了实现自己的梦想，鱼鱼努力地练习飞行——它用劲地鼓动着腮帮子，费力地扇动着身上的鳞片，摇摆着尾巴，努力地向前进，这或许看上去非常可笑——鱼鱼的小伙伴们都在水中远远地嘲笑着不知天高地厚的鱼鱼。妈妈担心地望着自己的孩子，嘴里喃喃着：加油！孩子！

　　"你们看着吧！总有一天，我要让你们看到，我飞起来的样子！"鱼鱼好强地对伙伴们叫嚷着。可它们根本不理会，依旧嘲笑着鱼鱼。鱼鱼一点也不觉得可怜——因为，我有梦想！我一定会成功的！鱼鱼，加油！

　　……

　　可是，现实还是将鱼鱼的梦摧毁了——一次次的失败终于把弱小的鱼鱼打倒了。早已筋疲力尽的鱼鱼从空中狠狠地坠回了属于它的海洋。伙伴和长辈们纷纷游过来围着它。"它已经没救了！"年迈的海龟爷爷看着奄奄一息的鱼鱼叹息着。大家都为它感到惋惜：毕竟它只是一条鱼啊，怎么能去妄想飞翔呢！

妈妈紧紧地搂着心爱的孩子，低声抽泣着，泪水被海水冲淡。

"我真的只是一条鱼……一条鱼……一条不能飞的鱼吗？妈妈……"

"不，孩子，你真棒！妈妈为你骄傲！"妈妈将鱼鱼搂得更紧了，微笑着在鱼鱼的额头上落下一个慈爱的吻……

鱼鱼流下了晶莹的泪水，消逝在海水之中，只有妈妈感觉得到……

鱼鱼走了，再也回不来了——它飞去了美丽的天堂，在那里继续实现它美丽的梦想……

梦想在天堂里，我在天堂外

刘一凡

在我6岁时，虽然不懂事，但心中已经装下了自己的理想，就是当一名收银员。"叮叮"响的键盘声，点钱的"噗噗"声，真的很有意思，这理想的种子一直在我心中萌芽、成长。

6岁的我又看上了"警察"这个职业，因为他们不仅穿得漂亮、有气势，而且执行起任务来英姿飒爽，这种情景一直在我的脑海中浮现，而每当亲戚朋友问我"长大想当什么"时，我都会毫不犹豫地回答："我要当警察。"

12岁的我想当魔术师，想把自己的烦恼统统变走，留下最美好的事物。

这些都是我曾经的梦想，梦想着收钱、点钱，梦想着执行任务，梦想着改变身边的一切，而当我真正明白这些工作的辛苦时，我就会叹息，原来梦想离我是那么的远，它就像在天堂里的精灵，而我就像是在天堂外面苦苦等候的人，原来梦想与现实之间有一座桥，这座桥离我是那么的远，而它又是那么的长，长得好像没有尽头。

直到13岁那天，我读到了一句这样的活："山的那边依旧是山……"

虽然山的那边依然是山，可是梦想这颗种子在你心田的时候，总有一天，你会看到那片属于你自己的海，在一瞬间照亮你的眼睛。

没错！虽然梦与现实之间有一座又长又宽的桥，但丑小鸭都变成白天鹅了，我的梦想又怎能不实现呢？

难道梦想只能在天堂里，而我只能在天堂外？不是的，我想我终会用我的智慧加上我的勤奋换来这把打开天堂之门的钥匙！

梦想在天堂里，我在天堂外。

直到梦走出，进入我心海。

花季里那些搁浅的梦

夏 天

琴声微凉

"我要成为最棒的钢琴家!"5年前的春天,我望着窗边崭新的钢琴兴奋地大喊,想要和整个世界分享自己的梦。手里捧着母亲亲手抄好的曲谱,毕恭毕敬地摆好。轻轻地抬起右腕,中指落下,双手在黑白相间的世界舞蹈。无名指无意间触碰到的那个偏僻的黑键,用寂寞的声响问候它初见的主人。于是,那个刻在我心中的音符便载着曾经的梦在春天的气息里飘荡,流过枝头含苞待放的花蕾,一下子流过了3年的岁月。

如今,手捧着数学竞赛的证书,一张,却如此沉重。3年来,每个夜晚都是手捧一本习题集沉沉睡去。靠着咬牙坚持,磨破手指一点点爬上荣耀的树梢去摘那剩下的一颗果实。蓦然回首,望见窗边冷落了4年的钢琴和那一沓厚厚的曲谱。坐在仍散发着皮革香味的座椅上,抬起右腕,无名指落下,指尖传来黑键丝丝缕缕的微凉。依旧寂寞的声响铿然回应着:这是你的选择。

在这个初秋的夜里,突兀的琴声微凉,慢慢消散。地面上散落的曲谱盛放着花季搁浅的梦。

断章不语

母亲将我写了一半的诗稿扔在地上,气愤地砰然关门。母亲将我一次又一次的考试失败归结于那一行行诗语的魅惑。我望着桌上堆起的层层诗稿默许了。像那个为了努力学习放弃篮球的中考状元一样，放下钢笔，用0.5毫米的黑色签字笔书写自己的人生。

当一张张满分的理化试卷和母亲满意的笑容一同从天而降时，我终于能心安理得地原谅自己曾经放下笔的右手。月下，拾起散落一地的诗人梦，自顾自地读起那句"明月装饰了你的窗子"。诗性的种子过早地埋藏在时光河流的两岸，松散的心壤上怒放的美丽被南来北往的季风一吹就散。拾起诗笺，正是那最后半篇。

在这个初秋的夜里，曾经的断章不语，戛然而止。地面上散落的诗稿盛放着花季搁浅的梦。

角落里，诗稿、钢琴、围棋、照相机……在那月光照不到的地方堆放着我搁浅的梦。有的梦想带着希望远航，有的梦想搁浅在青春的浅滩。

俯下身子，瞥见花季里那些搁浅的梦向我微笑。忽然感到，曾经犯过的错误、曾经无望的期待，曾经起伏的感伤都在瞬间被花季柔软地原谅……

谁能陪我一起飞

李沛涵

> 我是那么狼狈，又是那么无畏。广阔蔚蓝的天空，只是一个人在飞。扇着一双本不属于我的翅膀，顶着风，盘旋前行。好累，好累……多么渴望，你能陪我一起飞。
>
> ——题记

迷离的旋律不绝于耳，二重奏的音符在脑中跳跃，时而起伏，时而跌落，交错纵横在音乐的天空。似乎，两个人正躺在一望无际的草原，数着天上一朵一朵懒散飘浮着的白云，偶尔换个姿势，彼此对望，笑容在脸上荡漾开来，明朗、自由，仿佛是水面上回环的涟漪，一圈圈散开……

"好，今天就先练到这儿，下课！"老师的声音突然出现，仿佛在耳边炸开，瞬间把我拉回了现实。没错，我正坐在电子琴教室里，对面是练习的搭档，也是我音乐上的知音——小飞。

"喂，赶紧收拾书包，我在门口等你。"小飞大声喊着。

我突然愣住了，两天前老师的话又一次在我脑海中回响："下周有一个大型的独奏比赛，要去外地，只有一个参赛名额，你和小飞自行决定吧。"我和小飞都是老师的得意门生，平时我们一起学琴，一起练习，一起放学，然后去音像店闲逛，一起欣赏彼此喜欢的音乐，甚至参加表演也是一起上台一起谢幕。可是这次，却要做这么一个艰难的选择。而参加大型比赛，是我们共同的心愿。

放学回家的路上，我先开口了，与小飞商量着："小飞，有个大型独奏比赛，你听说了吗？是……"小飞没等我说完，满脸喜悦："是吗？太棒了，我们报名吧，来个超级默契的重奏，一鸣惊人。"我沉默了好久，摇了摇头："不行啊，只有一个名额，而且是独奏。"我的声音是低沉的。抬起头，看见小飞满脸的惊异："怎么会？"两个人同时沉默。

落满黄叶的路上，两行脚印将树叶清开，只剩下沙沙的回响，了无人声。很久，我才开口："小飞，你去吧，你比我学琴的时间长，年龄也比我大，我以后有很多机会。"我的声音越来越小，充斥着沮丧和失望，两滴泪不知不觉滑落，渐渐的，我开始失声哭泣。我没想到，真的没想到，自己心里原来这么在乎这次机会。苦练了三年，等候了三年，为的就是这个难得的机会，此时却要大度地让给别人。我不甘心，我太不甘心了，却又不忍与最懂我的知音争夺。

小飞突然拉住了不停前行的我说："别哭了，我知道你很难受，你不甘心让给我，对吧？要不，你去吧。我再等等，等到最后全国的比赛再一展身手。我比你有耐心，何况我都等了这么久了，再多等等也没事。"小飞安慰着我，脸上挂着温暖的笑容，她的声音在寂静的小道上显得那样响亮。随后，她果断地打电话给老师，帮我报上了名，没有一丝犹豫。我的心里充满了小小的快乐和对小飞的感激。小飞擦了擦我的泪，笑着说："你比我在音乐方面更有天赋，你应该去拼一拼。"我只顾着开心，没有听出她声音里拼命隐藏着的些许落寞和忧伤。

也许，从那时起，我就完完全全错了，错得很彻底。

比赛回来已经两个多星期了，我一直没见到小飞，心里不免有些失望和伤感。可有一天，老师突然告诉我，小飞不学琴了，她退学了。我不明白为什么，跑到她家想去问个清楚，却只看见空荡荡的屋子。邻居告诉我，小飞因轻易放弃了比赛，被她父亲一怒之下狠揍了一顿，她气得离家出走，后来又因她母亲的工作调动全家搬到了外地，因为走得匆忙，没有留下任何联系方式。

我，愣在了那里，不知该用什么语言才能表达此刻的心情。只是两个星期，仅仅两个星期，就发生了这么多事，这个世界仿佛已天翻地覆。而我，却一点都不知情，还快乐地沉醉在自己的世界里。我背负着所有的后悔，呆呆地站在空寂的房子里，一个人念着对不起，一个人忧伤。

我与小飞，就这样失去了联系。她再也没回来过，我也不知如何去找她。我们，就这样，一拍而散。

小飞将她的梦想赋予了我，任我一个人在音乐的天空中翱翔，从此失去了伙伴，失去了知音。

用你给我的翅膀飞，我懂这不是伤悲。但在这原本属于你我的天空，为何找不到你的身影？扇着一双本不属于我的翅膀，背负着两个人的梦想，一个人前行，飞翔。

小飞，你在哪里？我不想一个人独自旅行，多么渴望你能陪着我，陪我一起飞……

带着你的梦想，作我的翅膀，拥有这双翅膀，我会飞得更高，更接近天堂。

最美好的时光

简 歌

自习课。

小染传纸条过来，说Y你真是越来越沉着安静了。

放在以前，这无疑是对一个不是淑女的女孩的最高赞誉，而现在，我只能说这是一个高中生最真实的状态。第四个月了，全然没有了初入高中时的那份欣喜与好奇，取而代之的是冷静的自我洞悉和对未来的理智思考。毕竟，在这个美其名曰"重点班"里，谁都不想死得很惨，哪怕没头破血流，也要匍匐着前行。经历一次次挫败后，深谙一切都要靠自己。卑微地坚持着心中的小小梦想，虔诚而笃定。早上照镜子梳头时会告诉自己，又是崭新的一天，要加油！夜间会在灯下孜孜不倦地爬格子，闲暇时看看小说听听音乐，生活平淡却也充实。也会在睡不着的暗夜爬起来写长长的信，没有称呼，没有署名，没有地址，不知写给谁，亦不知要寄往哪里。写完了就一封封的堆在那里，也算是一种纪念。

渐渐懂得曾一度认为的劫难原本是成长的氧气，不可避免的磕磕碰碰不过是换一种方式的短暂休憩，未来的道路依旧绵长遥远也依旧光怪陆离。

下课后陪小美去食堂买杯酸。

围操场绕了一大圈才到达目的地，食堂的阿姨却残忍地告诉我们杯酸已售光，感觉上和洗澡洗到一半停了水一样让人苦恼。于是我们不得不拖着因穿得过多而略显臃肿的身体屁颠屁颠地爬上四楼最东边的教室。爬到二楼的时候，上课铃突然响起，小美拉着我说快跑，我说反正都晚了也不怕再晚点。小美说怎么着，听你这口气有点破罐破摔的架势啊。

"我突然想到一个成语叫天灾人祸。"我说。

"我也突然想到一个成语，叫好事多磨。"

"姐姐，您觉得迟到很光荣吗？还好事多磨？""要是我不拉你出来，你能单独和我相处10分钟吗？"

"哇……巨恶！"

胖胖的政治老师在黑板前唾沫横飞，强调着"要从感性认识上升到理性认识，政治这门学科容不得半点主观意愿，应站在客观的角度，保持着清醒的头脑看问题"，口才好得不得了。大家都说她要是没当上要职，可是国际上的一大损失啊。但小C说女人通常都是刀子嘴豆腐心，表面强硬内心却极其脆弱，说不定她回家后也是一番小鸟依人呢。有时候真受不了她那无厘头的推理，不过转念一想她说的也许不无道理。

"喂，Y，打算学文学理啊？"小C停下手中记笔记的笔，歪着脑袋问。

"学理吧。"

"为什么呢？"

"理科班男生多呀，劳动时都不用女生上手，省事呀，嘿嘿。"

"可是你语文那么好不选文的话可惜了，真的决定学理吗？"

曾和爸妈探讨过分班的话题，妈妈自然希望我学理，为了考大学容易些，爸爸则一直保持中立的态度。我也曾在他们面前说，班里第一的女生不偏科，我也不偏科，可惜人家是科科都好，我是科科一般。末了还挑着眉毛狡黠地笑了笑，弄得爸妈哭笑不得。而现在再次面对这个话题，眉眼间的恍惚不可躲闪。

小C拿手指在我眼前晃了晃"喂，还没回答呢，想什么呢？"

"理。"看着小C错愕的表情只吐出一个字。

在此之前我从未说得如此坚定过。

我坐在教室里光线最充足的角落里，时常想起陈绮贞用她澄澈的嗓音唱的那句"我喜欢一个阳光照射的角落，但不能喜欢太多……"

于是我有了比别人多的条件，正所谓古人意识中的天时地利人和，猫在窗帘后面看冬日落雪，洁白的雪花纷纷而落，让人产生天空中大片大片的云朵轻巧巧地飘下来的错觉。太阳出来的时候，玻璃上会聚起水晶一样的水珠，映着阳光折射出斑斓，有舞台灯光的效果。日落时的天空像是着了火，仿佛绘画的颜料没被调开，像小时候学过的山水画用毛笔分染出来的质感，有细腻的过渡，精致华美。空气中浮动的细小灰尘也随着光线的明暗，或蠢蠢欲动地跳跃，或悄无声息地隐匿。微乎其微的存在感，却又无比真实。

记得刚刚到高中的时候被人笑说声音是稚气未脱的娃娃音并为此感到羞愧，后来一拨电话说声"是我"就会被准确无误地认出来而阵阵窃喜。

每天上楼下楼时遇到初中的同学，他们亲切地叫我的昵称或故意坏坏地捏我的脸弹我的头。这样的维系，也蛮好。

周末上线时意外地收到小R的邮件，欣喜无比。

她说：

Y，哈尔滨的冬天应该很冷了吧？记得初中时你总是早早地戴上那些夸张而怪异的帽子，彼时我总是嘲笑你柔弱得没有一点抗寒能力，后来知道你一吹寒风就会头痛后会微微地心疼。经常不可抑制地想念你，想念我们初中时代几近疯狂的日子，单纯美好。一直羡慕你生活在很复杂的圈子里的那份单纯。答应我，就这样单纯下去。

还记得我们一起看过的电影《蓝莓之夜》吗？前几天独自又看了一遍，脑子里反反复复的仍是我们都喜欢的那句话，那个女孩说的"穿过这条街并不难，重要的是，街的对面，有谁在等你……"后觉得有谁等也不是那么重要，重要的是行走的过程中要脚步坚定。

昨天逛淘宝小店时看到一个红色的玻璃杯，知道你会喜欢便买下来。明天邮给你，作为16岁的生日礼物，虽然还有三个月。呵呵。

Y，要好好照顾自己。你总是让我不放心。勇敢做自己。不要太在意他人。学习上对自己严格点。我喜欢你唱歌时很陶醉的样子。我喜欢你毫无掩饰大笑的样子。我喜欢你气人时摇头晃脑的样子。

Y，这些，我没有和你说过吧？

你笑的时候，最漂亮。

我亲爱的小R。你知道吗？我会在每个不眠夜回想我们一起的点点滴滴，思念就像我此刻的眼泪连绵不绝将我紧紧缠绕。中考后，你去了南方的城市接受更好的教育。全封闭的学校，似乎是一下子失去了彼此。没想到，在这样平凡得不能再平凡的日子里，我可以找到你。

1999年至2009年，你在我生命中张牙舞爪的十年。从瘦小到高挑，从幼稚到成熟，都是你陪同我一起成长。

那么，今后的日子也一样。

穿梭于我生命中的那个你，那个你，还有那个你，你们，和Y有个共同的名字。

那个名字是——我们。

有没有谁的名字叫作小时候

岸 景

一

芦苇。盛夏。

靠在墙上，稍稍侧头就看到窗户外面的郊区，长着杂草，在几近秋天的日子里泛着深深的颜色，秋天芦苇的颜色。

还算是夏天吧，风吹过的时候仍然是一股热风，温暖的风。

把笔转了转，回过头继续抄黑板上的物理题。周六的补课，下午便没了初中部嘈杂的体育课，教室沉寂在一股微妙的气氛中，暖暖的。

三楼可以朝下看，看得到还未拆迁的砖瓦房，早上总看得到最近的那户人家的小孩在田边洗脸。或者是男人在地里种田，汗水浸湿洗得发白的背心。

回过头，物理老师的讲课仿佛变得不那么清晰了，望旁边，就可以看见他。

天气太热，很不规矩地把校服外套脱了，白衬衫，三年洗得发白的颜色。

手托着脑袋，昏昏欲睡的样子。

阳光在作业本上投射下阴影，手中转着笔。

很美好的气氛。

微妙着的。

头顶的电扇转动发出声响，想着，若干年后当回忆起这样的场景，是什么样的感觉。

"好，接下来的重点划起来。"

几近面无表情，手中的笔停止了转动。

你说，当很多很多年以后，在同样一个温暖的午后，我想起这样的自己，转着笔，不专心地望着窗外，不专心地侧过脸，不专心地划着重点。

在当时认为并不是美好的气氛，若干年后，被记忆加工，就会突然变得美好起来。

那是一个温暖的午后。

温暖的风。

侧脸的你温暖的笑容。

唯独笑容模糊不清。

却依旧是美好的盛夏。

窗台肆意着的阳光。

二

蝉。日历。

距中考还有49天。

黑板上的数字嘲讽地笑着抖落了层层粉笔灰，时间被加工成各种各样颠覆在闹钟嘈杂不清的清晨六点。

伏在桌子上，旁边一摞摞的中考参考书，过期没多久的钙片。

我看着一年前初二的自己写给初三的自己的信。

灯光橘黄色，黑色的钢笔印记陡然温暖起来，手肘的阴影盖住，再离开。

她说要加油。

她说你只能赢，你输不起。

她说努力努力努力！

她说让那些看不起你的人去见鬼吧。

她说你一定可以考上一中的！

她冲我微笑，她冲我点头，她对我大喊加油，她手舞足蹈，她充满自信。

看着这样的她，我说，嗯，对不起。

一直觉得每一秒的自己都是不一样的。

过去的那个自己和现在的自己也是不一样的，她充满激情，她对未来充满希望，她是那么的单纯，她是那么的天真。怎么看都不是这样一个颓废到不行的我。

时间应该把我分成了无数个我吧？我们不一样，除了一起用同一个名字的身体。

只是感到寂寞的是，那个伏在同一张桌子上一年前的那个自己，现在也一直寂寞地停留在那一个晚上那一秒写着充满期望的字吗？

笔刷刷地响着，偶尔停一停，想着未来的自己在一中长长的绿荫路上，在一中教室里不安分地画着漫画，在一中跑道上和喜欢的人一起挽着手。

小小地羞怯一会儿，再一直一直写下去，时间被定格，直到现在，她也一直一直在写着。

没有停下，因为时间停下了。那时的你，知道现在的我的心情么？

对不起。

我没有那么勇敢。我没有那么强大，强大到眼泪可以代表除了懦弱以外的东西。

我没有任何表情可以去面对过去的你。

嗯，对不起。

三

黄昏。储物症。

回忆是和梦一样没有现实感的东西。

不喜欢丢弃，小学课本，同学传来的小纸条，记歌词的本子，抄作业的便签本，写满了的草稿纸，到处散落的试卷，都不喜欢丢弃。

意外地找到了这一现象的解释，有个好听的名字，储物症。

"不愿意扔东西的痛苦主要源于抛弃这一行为本身。"

"对未来信心不足。"

"抛弃带来的恐惧。"

"总是让自己陷入过去，意味着期待将来不要到来，也是很多人逃避死亡焦虑的一种方式。"

所以我在逃避吧？

逃避着成长，逃避着梦想，逃避着未来，逃避着生活，逃避着死亡。

只是我在劫难逃。

有的路不自己走过谁的话都听不进去，小时候对于姐姐的"长大真的没什么好啊"嗤之以鼻。

小时候对于中考高考忙碌而充实的生活满是憧憬。

小时候喜欢吃糖根本不在乎以后牙齿会坏掉。

小时候是所有冲动和鲁莽最权威的借口。

小时候没有重大责任要背负，小时候只要乖乖地吃饭睡觉不给妈妈惹麻烦就会得到夸奖，小时候作业工工整整得到老师表扬会乐上半天。

小时候的天是蓝的，风筝是会飞得很高的，迷路会碰上好心的阿姨的，邻居的哥哥姐姐有好吃的会一起分享的。

那么，有没有谁的名字叫作小时候？它现在幸福么？

我想我会藏好我的伤，如你所愿。我想你会忘了我的好，在下个陌生的街角。

——《校服的裙摆》

结束之后，写于开始之前

程小念

想收拾整理一下凌乱的心情，提起笔又不知该如何道来。原来时光的流逝真的只是弹指一挥间，渺小的我们可以被它轻易地忽略掉。等我们回过头来，才发现那些曾视若珍宝的回忆已离我们好远，才觉得怅然若失，却也无力再挽回什么。

又或者，一个人也不错。

一

高一的一群朋友都各奔东西，小柒去了另一所学校，小5留校重新念高一，而小J她们选择去了文科班。于是这个班只剩下我一个人。故事的开始，我们都从未想过会有这样一个结局，心里有着无法掩饰的失落。转念一想这样或许也是好的，毕竟大家都是为了自己的未来，虽然不能在一起，可心里互相记挂着也就够了。各自追逐自己的梦想，为了明天而奋斗，只要大家都过得好。

我的高一已经结束了。上个学期末的时候就换了教室，我们原来的教室留给即将入学的学弟学妹们，高三的学长学姐们搬去了校区最南端的高三楼，他们用过的教室又留给我们。这是学校几十年来的传统，数十年未变。偶尔会看到高三的学哥学姐们倚在栏杆上望楼下，每一张脸上都有着同样坚定隐忍的表情，也会觉得瞬间充满了力量跟勇气。学校门口公示着光荣榜，还有高考状元的专栏。这一切，共同营造出一个高中该有的氛围。上了高二，我需要更加努力了。

学校院子里有一棵银杏树，秋天的时候叶子变得金黄，落得满地都是，特别好看。下次看到这样的情景，我该是高三X班的学生了。依稀记得，每年的毕业照都是它作背景的。只是那个时候的树叶是夏天所特有的深绿色，水分饱满光泽鲜艳。

下次进学校时，该会热闹一些了吧。因为又多了一群年轻的孩子。而高三的学哥学姐们早已习惯沉默，上了高二的我们也该慢慢安静下来。或许连操场上打篮球的身影中，也很难再找到曾熟悉的鲜活面孔。

二

8月的天气有些闷热，握着笔的手心不断有汗珠沁出来。我随手扎起头发，换上以纯买的米色连衣裙，准备出去随便逛逛。

街上的行人依旧是行色匆匆，各自奔向目的地，在太阳下微微皱起眉头。我漫无目的地在人民广场周围徘徊，随即走进了附近的Semir专卖店。身着统一工作服的店员在温和地笑，冷气开得很足，音响里是戴佩妮的《你要的爱》，让人觉得舒服。我看到一件简单的白色纯棉T恤觉得不错，看起来宽松舒适的样子，问了价钱之后便掏钱买了下来。正巧是换季的打折时节，否则很难以这么便宜的价格买到这么称心的衣服。我心中竟有一丝窃喜。

接下来又去了那个很喜欢的冰品店，叫Be Young。老板是一个二十出头的女孩子，大约是因为去的次数多了，也会对我浅浅地笑。我要了一杯冰镇柠檬汁，独自坐下来透过玻璃窗看着外面，十分惬意。店里总会放一些舒缓的歌，大都是不怎么时兴，却也很有味道的歌。有时候是王菲，有时候是陈绮贞，偶尔也会有梁静茹暖暖的声音或者曹方干净澄澈的声线。而今天放的是《半情歌》，元若蓝的声音轻轻的，却也足够让人为之动容。

"你的明天有多快乐，不是我的，我们的爱是唱一半的歌……"

我突然毫无预兆地想起某个曾占据整个生命的人。付了钱，走出小店，热气扑面而来。我提着刚买的T恤，一个人走回了家。

三

我曾不止一次地想过，等我高考结束的那一天，我便要独自去旅行。

去杭州，去拉萨，去湖南，去成都，去很多早就想去的地方。一个不大的背包，我带上我透明的喝水杯，带上我的日记本跟我的笔，带上我的MP3，带上七堇年的散文集，然后穿着我的牛仔裤跟纯白T恤，我便可以一个人出发了。随意晃荡一个月，然后收拾心情，开始我的大学生活。

只是目前而言那还仅仅是梦想而已。不过我想总有一天可以实现的。

而现在我要做的便是努力学习，毕竟我还只是个高中生而已。每天随性而懒散的假期生活，伴随着的是母亲连续不断的唠叨和父亲紧锁的眉头，他们说"都要上高二了你怎么还没有一点紧迫感……这样下去你可怎么办啊"。我只是听着，沉默不语。也会有心虚的。

可其实我也是不想让他们如此这般忧心的，所以我想我得更加努力了。

晚上打开电脑，上了QQ之后习惯性地点开"I miss you"一栏，某人的头像孤零零地亮着。打开对话框之后又觉得无话可说，于是又随手关掉。看着他跟自己几乎相同的情侣头像，我顺势换掉了自己的头像，与之前的风格截然相反。既然下定了决心要忘记，又何必留恋曾经的温存。

他曾说，I miss you，是想念，也是错过。

我们的生命轨迹在那个春天有了短暂的交错，而他的温柔他的才华也让我眷恋，可终究是要分开。曾经的回忆全都成了永恒的过去，我们早已开始了各自全新的旅程。年少时的美丽与倔强，彼此的爱恋与折磨，都成了彼时所共有的记忆。既然错，就离开得彻彻底底。

既不回头，何必不忘。

秋初他将踏进大学校园，开始人生的另一段路。那么希望他一路顺风。

我们的过去，就让它被埋葬，最终被所有人遗忘。因为，因为有些人已成过客，有些事不是靠追悔就能追得回。

而我，整理了书跟文具，刷干净了白球鞋，穿上牛仔裤跟白T恤，扎起马尾，开始我一个人的旅程。为了两年之后的高考，为了高考之后的旅行，为了自己光明的未来。我得努力。很努力很努力。我想，是时候了。

是时候了。结束一段结束，开始另一段开始。

我对自己说，加油！

我的生活不安分

方妙佳

一

我们亲爱的语文老师在讲到《送行》一文时说：古人送行，并不像现代人那么客套，他们常常是以一杯酒一支歌，或者随便在路旁摘一株野草捧一撮泥土来表达真挚的情感的。所以我们送别友人，并不是重金重礼才能表达真情。

同学们听了，皆赞许地点点头。后桌男生问我：有一天我走了，你拿什么送我？

我二话不说就从头上拔下一根长发，郑重地递给他：礼轻情义重！

他显然受宠若惊的样子，感动得一把鼻涕一把泪的。丹丹同学见状说：只有恋人之间才送对方头发珍藏的。

我愣了一秒，然后马上把那根头发抢了回来。

二

12月份的校园。天色灰灰，寒风阵阵。早自习，前面一男生穿着厚重外套还在喊冷。我想这时候如果他回过头来看到我还穿着短袖，一定会羞愧得无地自容的。可是他看到后只甩给我一句：你变态啊！

我镇定自若地说：如果心不冷，那么身体就不冷；如果心都冷了，那么身体的冷又有什么所谓呢？

话语掷地有声，众人皆投来崇拜的目光。我感觉自己像是被簇拥在鲜花掌声之中，真是潇洒。其实我也没想到自己会突然说出这么有哲理的话来的。其实我也感觉冷的，只是早上起来翻遍了衣柜里的衣服，发现还是我身上这件短袖的淑女装比较好看。

三

自习课上，我问同桌有没有什么伟大的理想。她很认真地思考了一下，煞有介事地扶扶眼镜说：我要先考个好大学，然后找份好工作，再然后嫁个好老公，接着嘛，生个好孩子！

我对此表示不屑：真没志气！人生短短几十载，你这样过岂不太庸碌了？她问，莫非阁下有什么雄心壮志？

我怕说出来会吓死她，于是便故作沉默，留给她一个蒙娜丽莎意味深长的笑容。谁知她好奇心不死，一直缠着问我。迫于无奈，我只好偷偷地告诉她：从小，我就知道我的诞生是人类一件非凡的事情，将来必定会为这个世界做出非凡的贡献。所以这十几年来我悬梁刺股呕心沥血，为的就是早一天成为国家主席——夫人！

同桌听完后立即拿出纸和笔来要我签名。

四

最近大家都在忙高考报名的事。我问英语科代表，你觉得我去报考英语口语有胜算吗？她说我不清楚你口语怎么样不好下定论，要不咱们来对几句吧。嗯，好。

Hello!

Hello, too!

How are you?

Fine.

她热烈地鼓起掌来，太有勇气了！你这样去考一定会叫那些评委老师眼前一亮的！

那当然喽。好歹我小学时候也当过英语科代表的嘛。

五

听说这个小县不久后就要开通公交车了。我第一个拍手叫好。电视剧上很多爱情故事就是在公车上开始的。女主角在拥挤的车厢里被撞到，即将倒下，男主角挺身而出，天时地利人和刚好扶住了她。眼神交汇心跳加速，接着美丽的故事就拉开了帷幕。我激动地对桦树说，到时候在公交车上说不定我也会有一段美丽的邂逅。她很严肃地看了我一下，然后甩下一句，现在大家都在拼高考你还有闲情想这个啊。

于是我那个刚出生的梦想夭折了。

六

我是个偏爱吃的人，一见到喜欢的食物就会奋不顾身地扑上去。也许这就是我一直瘦不下来的原因吧。

同桌看着我的狼狈吃相又开始像唐僧一样念叨了，你说你一个女生长得斯斯文文的怎么这么不注意形象呢，你是有多饿啊！我笑着对她说没关系的，反正我没有男朋友，我不在乎。她叹息着说其实你把因果关系弄错了，是因为你这样才没有男朋友的，那些男生都被你吓跑了。

哦。可是我要好好照顾自己嘛，那最根本的就要好好照顾自己的胃啊。只要吃得开心，天塌下来我也不怕了。

七

苍蝇说，如果你想测试身边的人对你的在乎程度，死是最直接的方法。

我真的很想知道身边这么多人谁是真正在乎我的，在我离开后会很想念很想念我而为我难过为我掉眼泪。所以我经常想到死。注意，是想到，不是想要。无聊的时候甚至连遗书都写，写好后又琢磨着哪种死法才是最舒服的。吃安眠药？那种东西好像要有医生开单才买得到的。想到最后，浪费了那么多时间，我发现我的确很无聊。

还有，差点忽略了最重要的一点，我要是真的死了，要怎么知道谁是在乎我的人呢？

彼岸花开

紫轩小魔女

我再一次泄气地看了看那本奥林匹克英语竞赛书，有种想把它撕碎的冲动。

那么厚的一本书，竟然至今还没有碰一页，可是还有20天就要参加比赛了。就这种状态，叫我怎样拿笔？

我很努力地想写完它。我曾经信誓旦旦地说，我一定在10天内做完。可是直至现在，它还可以原价出售。

我细细地算，我从来没有懈怠过一天，可是他们为什么这样对待我。

我放弃了我所有的爱好，还有起码10个电脑游戏没有碰，我不去碰。还有起码5本好书没有看，我不再看。我只是抽空在写作业的时候听听音乐，从WALKMAN里面飘荡出的美丽声音，每天在网络上面转一圈。不再像8月时候一个个帖子回复，和很多的人说话，在QQ上面聊天，我很久没有碰了。我每天起码用16个小时面对数学语文英语物理化学，在考试时候取得一个还算好的成绩。不让爸爸妈妈老师操心一点。老师和蔼地对我说，你还是有潜力的。

潜力？什么叫潜力？他们的目标是把我们榨干，把所有的潜力全榨干，之后变成完全的考试机器。

面对7个月后，那510分的中考。

实验的录取分数线是490分，每次考试都要当成是中考，不容许有一点失误。虽然我也许无法进入那么强手如云的学校，可是也要为之努力。

妈妈对我说，考试结束以后我带你出去，你想去哪里就去哪里。

我说，西藏行吗？

她的笑容僵住，她一直不同意我去西藏。所有的家长都是这样。他们怕我有高原反应，他们怕我不适应，他们把我武装成一个玻璃娃娃，以为我一碰即碎，可是却在每次考试不好的时候狠狠地将我碰碎。然后再一块块拼装。可是，痕迹是无法抹灭的。

虽然我的家长没有那么严厉苛刻，可是我知道那是我有着所谓的自觉性强，让家长放心的称号。

天知道我能做到这样有多辛苦。

放学的时候去了软件市场，找到了许哲佩的CD，气球。盗版的。可是很满足。封面是许哲佩在冰岛上牵着很多白色气球的照片。气球迎风飘扬，空气中有音乐浑然天成的气息。寒冷的空气中，很高很高的湛蓝天空，放进了CD中，飘摇出空灵而简单的声音。仿佛冰水，直指人心。

我对妈妈说，那么，我去冰岛行吗？

妈妈笑了。说，就会胡思乱想，明年考试结束后，带你去南方。苏州，上海。

我一言不发，关掉CD。然后走进屋子里，安静地继续学习。

我要把写字台上厚厚的练习册一本本地写完，以认真的状态。一秒都不放松。

10月末，打字的时候都手指冰凉，快要不会动。手指在黑色的键盘上跳跃，却很少时候是为了自己敲击。

班主任让我排榜，每次月考都是。她对我微笑，这个中年女子，有温柔的笑容，对所有的学生都像对自己的孩子一样。她对我们恨铁不成钢。她把我们想得太好了，她无法旁观者清，她以为我们都是能考上实验的。可是她根本不知道现在我们自习课上是什么状态，对于她充满希冀的笑容，我每次都会不知所措。

我们都是想好好学习的孩子，我们真的不想让任何人失望，可是7个月后的独木桥，不是那么容易过的。

那如同彼岸的美丽风景，我们都想去观望，在同一时刻。于是有人落水有人顺利。有人看到了那无法名状的美丽，有人会伤痕累累无法面对。

如此残酷。

每天都会听到同学关于学习的抱怨。她们说，到底怎样才能学好啊？我怎么就是学不好呢？我练习册做得不少啊，我也想好好学习啊。

她们对我说，因为她们看来，我是不用补课都能学好的孩子。

我告诉她们说，该会的弄会了就能学好了，不要天天熬到第二天，太辛苦了没有效率。不用把周末安排得满满不给自己一点放松的时间，真的。真的。

可是她们一脸沮丧地对我说，真的不是每个人能像你一样不补课也能考第三的。

我不知道该说什么。

我突然想哭。

所有的人以为我过得很滋润，她们说。真希望我像你一样，天真的，无忧无虑。

你是一个简单而快乐单纯的孩子。

她们这样说。

原来在同学眼中，我是这样的孩子。

我的心里有深深的空洞与不满，她们不知道。谁都不知道。我也不知道。

我只知道，当我面对家长老师充满希望的目光的时候，我要努力。

我为了他们，为了她们，放弃了很多，却依旧被别人认为我是幸福的孩子。一个很幸福很简单的孩子。仿佛生活中只有巧克力和牛奶的甜蜜柔软，而没有冰水的刺痛与冷静。

我要为了很多事情皱眉头，停滞不前。

可是说出来，没几个人会相信。

我小心翼翼地想着措辞，我生怕我一不小心将她们那脆弱的灵魂击碎。我脆弱的时候没有人来安慰我，我却安慰她们，用我所有的思维，起码要让她们不会失望。

可是她们真的不知道，我也有很多时候想哭，不带一丁点儿伪装的。

但当我想哭事情摆在面前的时候，那么微不足道，那么不足挂齿。

每个人都生活在自己的世界当中，没有人会互相理解。我们如此寂寞，而且恐慌。

恐慌中，我选择了用文字安慰自己，将头脑中倾诉的欲望倾泻出来，然后继续生活。

此刻，或许有人哭泣有人欢笑有人失望有人希望，有人为了明天烦恼也有人为了明天想象。生命中的美丽与伤悲，在此刻，一一浮现。

我将许哲佩放入CD。音乐又飘荡出来。

黑的白的红的黄的，紫的绿的蓝的灰的，你的我的他的她的，大的小的圆的扁的，好的坏的美的丑的，新的旧的各种款式各种花色任你选择。

黑的白的红的黄的，紫的绿的蓝的灰的，你的我的他的她的，大的小的圆的扁的，好的坏的美的丑的，新的旧的各种款式各种花色任我选择。

气球，飘进云里，飘进风里，结束生命。
气球，飘进爱里，飘进心里，慢慢死去。

这个冰冷音乐的音乐才女，和在冰岛上的纯白气球，一定是那个季节，冰岛上最美丽的景色。

7个月后，去度过那座独木桥，去欣赏彼岸最美丽的景色。那绚烂美丽的未知景色。

或许成功，或许失败。

手指终于停止了敲击，停止我自己的文字。

奥林匹克英语竞赛辅导书在写字台上懈怠着。我会将它一个个字地填补满。

以认真的状态。

或许。

7个月后，彼岸花开。

第二部分

诗意地长大

　　长大是一个人学会在浓重的黑夜里，听见窗外森然如婴儿啼哭的猫叫声，即使好想找个人陪，即使心里被恐惧吞噬，依旧勇敢地对自己说：不怕不怕。

　　长大是一个人看淡寂寞，一个人学着冷静，一个人学着担当，一个人学着干两个人抑或两个人以上的事。

　　　　　　　　　　　　——翁碧霞《长大是一个等待的过程》

长大是一个等待的过程

翁碧霞

长大是一个等待的过程吧！

我是个没有耐心的小孩。

然而等待需要耐心。

于是我在长大的流程里鼻青脸肿。

一直知道终点的位置，只是因为猜不透旅途的风景，期盼过路途的旖旎，于是这般执拗地摸索下去。

长大是一个人学会在霜冻的冬季，将手伸入刺骨的冷水中，让泡泡浮在水面掩饰水底的通红不堪。然后再用无知无觉的手拧干衣物，然后会心地微笑。

长大是一个人学会在浓重的黑夜里，听见窗外森然如婴儿啼哭的猫叫声，即使好想找个人陪，即使心里被恐惧吞噬，依旧勇敢地对自己说：不怕不怕。

长大是一个人看淡寂寞，一个人学着冷静，一个人学着担当，一个人学着干两个人抑或两个人以上的事。

长大也许，大概，必定是一个人的未知trip。

电视里常常看到一个生病的妈妈或爸爸，被他们的子女伺候着吃饭，睡觉，上厕所，换衣服——好多好多以前爸妈为他们干过的活。那时的爸妈就会伸出枯槁的手握住他们的手，意味深长地说：孩子，你长大了。接着是语噎的凝望或是窒息的拥抱。

真的就这样长大了么？

这么长大？

真的么？

明明知道长大是必然的，就像家喻户晓的不用证明的定理，偏偏还有人苍白地唱着：我不想我不想不想长大，长大后世界就没有花。

　　这些只能想的，谁可以做到？

　　我想捧着一杯香芋味奶茶，听阿桑的歌，认真的等待。

　　鼻青脸肿了。

　　生活突然有了痛的感觉。

　　却不会轻易掉泪。

　　突然发现真的长大了。

阳光不锈

柒筱墨

QQ上，好友的头像又一直在闪。我就算蒙着眼睛用指甲想都知道是什么内容。肯定是什么"我遇烦心事了"，"我付出了那么多，却总是没有回报"，"为什么人家都不理我了"之类的人际紧张的话题。说真的，我真的很想把他拉到黑名单里头去。可偏偏的，我是那么善良，明明听了不下百次的话题还要耐着性子安慰他"会好的"。

忘了是谁说过这么一句话，要不怕被人讨厌，有原则，不用一味迁就别人。

我就有这种切身体会。刚上初中那会儿，整天被灌输了一堆的"乌龟思想"。什么多一事不如少一事，能忍则忍，不要太计较了……之所以用"乌龟"这个词来形容，是因为所有这些都少了个前提，保持你的自尊心。当时的我就忘了加这个前提，导致我陷入一个无助、敏感、脆弱又软弱的黑暗时期。日子还不短，整整两年。

"2P，你想吃什么，我去帮你买吧。"换来的却是人家不屑的眼神。半夜起床，看到室友的被子掉了，帮她盖上，第二天还被人家抱怨吵人。做物理题做到关键时刻，人家一句给我冲豆浆，还是老实地把笔放下去做。看到人家考试考砸了，哭得一塌糊涂，好心好意安慰她，却被说是假惺惺……

当我第N+1次蒙着被子哭到"水淹大枕头"的时候，看到了这句话：保持你的自尊心，如果连你自己都不爱惜自己，谁还会去在乎你。然后咬咬牙，擦干眼泪，狠狠下了决心。

"我饿了，帮我打饭。""没空。"

"给我冲豆浆去。"我连吭声都懒得，就当没听见。

看到人家哭得一塌糊涂的时候，只是问了句，"没事吧？"不理我就不再管，理我了也只会问一句"哦。"

这个过程并不是三言两语就能说清楚，一个人要从懦夫变成强者不可能是一下子就能完成的。我也是人，逃不出这种定律。这期间，受的白眼不少。多少次都犹豫是不是该坚持。可我渐渐发现，我不再像以前一样，那么胆小怕事。不再受什么委屈都不敢说。我敢想敢说，敢表达，人渐渐开朗活泼起来。

终于有一天，室友拿着一道物理题来问我，终于有一天，她们发现其实我很善良，而不是软弱，终于有一天，她们会很认真地听我高谈阔论……

当我回顾这一切的时候，我才发现，曾经的那个我是多么的可爱。我一直努力的那个形象，在别人眼里并不是脾气好善解人意的邻家姐姐，只是一个胆小、懦弱、讨好别人的小丑。曾经，我是那么的不爱惜自己，那么的让人践踏自己的自尊。

听过胡萝卜、咖啡豆、鸡蛋遇到沸水的故事吧。原来强硬的胡萝卜变软了，鸡蛋变"硬"了，而咖啡豆改变水了。人面对逆境亦是如此，要不变"软"要不变"硬"，要不就去改变它。我想说的是，当发现现实一片惨淡的时候，你总得有所反应，就看你要做什么。做不了咖啡豆，最起码也得做鸡蛋。要是像胡萝卜一样"窝囊"，那就真的很"乌龟"了。

还是那句话，要不怕人讨厌，有原则不用一味迁就别人，如果连你都不爱你自己，谁还会去在乎你呢。

阳光不锈，无论如何，我还拥有一片艳阳天。

请允许我们这样放肆

Sand

一

校门口的倒计时显示着离中考只剩8天，但我今天又很放肆地翘课。昨天和7、色梨说好的，咱今天也做一回翘课一族。哦，请允许我们这样放肆，因为地大海的数学课太深奥，咱压根儿就没几次真懂过，看着8班的那些天才面对试卷激动不已，咱只好灰溜溜地想，A1不是咱该待的地方，还不如在家里看那些简单的公式定理。

二

每次上课，总习惯手里拿着个东西翻来倒去，但咱真的是很认真很听话地在上课。昨天的物理课，便拿着一张纸在那瞎折腾，便跟物理老师喊着那些p=ui，p=w/t。色梨童心大起，说是要折千纸鹤家族，一个课间我们的课桌便堆满了大大小小的千纸鹤，她越折越兴奋，到最后居然用2平方厘米的纸折了一只袖珍版纸鹤。

后来，7的同桌拿了一张英语周报要色梨折一只大大的纸鹤，呵，周报的出版社编辑们肯定想不到周报还有这样的一个用途，又有人要说我们败家了，哦，请允许我们这样放肆，题海已经压得我们大口大口地喘气，生活已被抹杀得枯燥无味。做题、评讲，如是反复。化学到最后，就整天做题，我们都麻木了，他也麻木了。还好我们只是一年，而他是一年又一年……

三

课间的时候，兴致勃勃地和后面那个"天才"说，这只大的纸鹤是老公，小一点的是它老婆，那一群是它们的女儿……结果被他说是色情思想，晕，这也行？咱的思想已经够单纯的了！"天才"就是"天才"，无法理解！

放学的时候，极品不知为何提起KTV，结果"天才"问了一句很喷饭的"什么是KTV"？！大跌眼镜之后跟他说是唱歌的地方，结果他又问为什么不叫singing song？！现在不是喷饭，是开始喷血了！"天才"就是"天才"，读书读得过迂了！

四

放学后，7和色梨把纸鹤扔出窗外，她们说，纸鹤旋转落下的情景很好看，于是所有的纸鹤都带着她们各自的梦想飞向窗外，飞向蓝天……有人问，是不是在祈祷中考，我们哑然，只不过是一时兴起罢了。

回家后，忽地想起，折纸鹤的那些纸可大部分是我用掉的草稿纸，不禁倒吸一口，心虚地想离中考就那么几天，不会真的就被学校那些欧巴桑抓到吧？！难怪她们扔得那么欢，敢情日后会查到的不是她们，是我？！冤呐，咱只是提供原材料而已呀，呜……

五

离中考只有8天，但突然手痒痒，忍不住在纸上写这篇小文，一直很喜欢用文字记录下生活的点滴，尽管他们说，我应该good good study，day day up！

可是，请允许我们这样放肆……

罢笔，开始去研究英语的那些烦琐的语法规则，生活就像那些不规则动词一样，永远没有规律可循……

后记：其实我们一直都很乖，只是在这青春的年华中偶尔需要这样的放肆……

在我们踟蹰不安无法选择的时候，也许可以像这个样子，写一封信，给自己看。

写封信给叫顾漆的你

顾 漆

顾漆这封信写给不爱惜生命时的你

你骂自己是个胆小鬼，你活着觉得太累，却又惧怕着死亡。

不是惧怕疼痛，而是怕无休止的黑夜，你听不见爱的人为你哼的歌，看不见爱的人为你流的眼泪。

那些低喃，那些碎语，你死了，就再也不属于你了。

因为你是那么没有安全感的孩子，你甚至害怕，他们会在瞬间把你遗忘，丢弃至无法察觉的角落。

你从汶川，看到玉树，再到舟曲。你知道这个世界每一刻都有生命消亡，却是任何人都无法阻止的。你更是没有能力去改变什么，或是用自己的生命去换取什么。你只是一个孩子，一个18岁的孩子。

你想着要去买一个行李箱，装上喜爱的东西逃离这个是非地。可是在某个瞬间你又觉得家是温暖的。至少对于那些已经找不到家的人而言，那是无可比拟的美好。

你试着去回忆，去描绘。那些曾经的美好，其实并不是完全消失了。

爱你的人都在，那你还能去哪？

你和家人一起看了一个上午的电视，都是和舟曲有关的。你哭了。

在你看到新生儿们在襁褓里哇哇哭的时候，你觉得整个世界都被震撼了。

他们都是祖国的未来，那么你呢？

下午你和姐姐整理房间。

刚高考完的姐姐从书桌上、抽屉里、箱子里，理出了一大堆的课本试卷。

她和你说，她用一麻袋的钱换了一麻袋的书，可是一麻袋的书能换回什么呢？

你说时光换不回来。那些青春，在低头与抬头间，早就殆尽了。

你难过，你觉得有些人半辈子都扎在文字里，那些努力却抵不过地的一个震动。

瞬间一无所有。

姐姐说她的童年是彩色的，回忆起来是黑白的。

你说你的童年是黑白的，回忆起来是空白的。

你知道你错过了很多，你知道自己真的很任性，你耗费了青春却又一无所获。生命再短暂，其实那些曾经，就算所有人都遗忘了，你也不存在了，沙漏会把你记着，那就够了。

因为再来一个世界毁灭，连伟大的帝王，都没有人可以去回忆。

何况是我们呢？

只要我们活着的时候，无愧于任何人，便没有谁可以任意剥夺我们生存的权利，包括我们自己。

顾漆这封信写给容易徘徊时的你

你开始变得尖锐，抑或是，你开始想要保护自己了。

你发誓，错过你的人，绝对不能再回到你的身边。

你明明知道，人这一辈子，终究是围绕着错过，度过的。

你错过了很多人，同时也让很多人错过你了。

你不满，凭什么他们可以理所当然地指着自己的鼻子开骂就好像自己是个千古罪人。

你觉得那些人很可笑，因为他们总是把自己当成核心，你就活该围着他们团团转，头晕目眩，将自己撞出好大的伤口。

你和曾经很要好的朋友说到轮回，说到已错过的人。

你说人是没有轮回的，所以要珍惜仅有的一世。可是当他问你"错过的呢"，你却毅然地说，那就接着错过。

你说你卑微过头了，在那些曾在乎的人面前卑微过头了。在你疯了似的想要抓住他们的时候，他们却都选择离开，挽起别人的手。

你一遍遍地问自己，为什么他们总是在没人陪的时候才会想起你。甚至还会责问你，明明看见他只有一个人却不去陪他。

你想告诉他们，没有人是应该理所当然地在他们寂寞的时候，一马当先地给他们赔笑。

因为在你寂寞的时候，只有黑夜陪着你寂寞。

错过你的人你错过的人，如果觉得疲惫了，就暂时休息一下吧。

再给自己时间慢慢想，把心放在哪些人身上才不会是浪费。

我们的一生，遇见了那么多对你好对你不好的人。只是那些曾经的美好，应该都是过目不忘的。

你一定要相信这世界总会出现一个真正爱你、自始至终都不会背叛你的人。那个时候如果错过了，就一定是你的错。

顾漆这封信写给总是自卑的你

你背倚着墙，然后再顺着墙向下滑，直至蹲坐在地上。你头抵着膝盖，双手抱着小腿。

像极了一个无家可归的落魄孩子。

事实上，你有爱你的家人，爱你的朋友，可是你还是在不停地自卑，觉察不出任何的安全感。

你站在落地窗前抿嘴，皱眉。真是一个不美好的少年。你用手拂乱蘑菇头，你想等头发长了，就可以遮住不好看的侧脸，然后你笑得很开心，却又在下一秒泪盈眼眶。

你自卑了18年，不安了18年，你以为到头来还只能是一无所有。

叫悠的孩子在远方微笑，他说，他喜欢的不是外表，而是性格。

你不敢全信，只半疑，毕竟就算是你的脾性也没有很好。但你还是定了心。你相信这个世上还是会有愿意爱你的一切的人，你的好你的不好，他都会统统买单。

他说的好话，你只是不住地皱眉。5年未见，他凭借几张一年前的大头贴夸你好看。你知道，你的不美好，被无限缩小后自然不被人察觉，所以你不愿被夸，怕当真相被赤裸裸地揭示，爱你的人会跑掉。

可是，爱你的人，怎么会单爱你的外在呢？

亲爱的，束起发丝，让阳光亲吻你的脸颊，那不美好的脸颊。你要开心地得笑，再不美好仍旧有人爱你，你要知足了。

顾漆，珍惜。珍惜生命，珍惜朋友，珍惜爱你的人，珍惜你所拥有的，everything。

有天，偶然在学校门口听见有人叫卖麦芽糖，小凿子在空气里敲击出清脆的声音，瞬间划破我单薄的青春。

我的甜味岁月

陌年夏

麦芽糖

记得很小的时候，街上常有人挑着担子卖麦芽糖。

麦芽糖被压得薄薄的，硬硬的。每当有人掏了钱要买时，卖糖的人就拿出小凿子，"啪"地切下一大块。抿一抿，甜到了心里去。

那时正是我馋嘴的年龄，每每看到卖麦芽糖的人一路叫卖着走过门前，就可怜巴巴地盯着妈妈。有时妈妈心软了，也会给我买上一大块。可大多数的时候，她还是不让我吃太多，便哄我道："大灰狼最喜欢吃爱吃糖的小朋友了哦！"于是自己就紧紧地捂住嘴，不敢再吃糖。但每次卖糖的人一来，我还是继续楚楚可怜地盯着妈妈，一直盯到她给我买糖为止。

后来，我长大了些，麦芽糖也渐渐失去了踪迹，我的幼年，也慢慢地消逝不见了。而我却一直坚定地认为，我的幼年，是由于吃了太多麦芽糖所以被大灰狼吃掉了。

巧克力

巧克力应该是我童年时代吃得最多的糖了吧。

我在家里是独生女儿，爷爷奶奶也只有我这么一个孙女，家里人格外宠我、惯我。

爸妈总是买一大箱一大箱的巧克力让我吃，以至于我后来生了满口的虫牙。牙疼的时候，我就一边捧着脸，一边用铅笔在墙上写：牙疼不是病，疼起来真要命！我家的墙被我写得密密麻麻，看起来脏兮兮的，像软软的巧克力融化了糊在墙上。

每次牙疼的时候，只能看着别人吃美味，自己却吃不了。于是乎又在心里发誓：以后再也不吃巧克力了！但每次巧克力一到了我的面前，我亲爱的馋虫宝宝又把我年少的誓言掀翻了，继续把巧克力不断地塞入嘴里。哎……终究还是小孩子。不过我却一直纳闷，想当年咱大无畏地吃了那么多巧克力咋就长不胖呢？

再后来，我又长大了些。虫牙也一颗颗拔去了，长出了新牙。我们家也搬离了原来的地方。我的童年，我的巧克力，我的虫牙，我写在墙上的字，也开始离我渐行渐远了。

阿尔卑斯

开始慢慢恋上阿尔卑斯奶糖的味道，香浓而回味悠长，又不像其他奶糖一样黏稠得发涩。我总觉得，吃阿尔卑斯就像是在回味我过去的时光。

小曼是我最好的也是唯一的朋友，和我一样喜欢阿尔卑斯。因为太过相像，两个受伤的孩子紧紧依偎在了一起。小曼会陪我快乐，陪我忧伤，陪我淋雨，陪我翘课。

可是，我亲爱的小曼却已离开我去了另一个地方。

她来我家和我告别的时候，我们俩坐在我的床上，谁都没有说话。我多想时间就这么静止，小曼一直陪着我。可小曼，终究离开了。像从我的生命里蒸发了一样。

记忆里依旧是天蓝如墨的夏天，耳塞里放着魏晨的《半夏》，嘴里是阿尔卑斯化开的香甜。小曼对着我微笑，笑容纯洁一如从前。

前几天，小曼在QQ上告诉我，她离家出走了，后来被抓了回来，现在被锁在家里。她的语气平静得如一池波澜不惊的湖水。也对，现在还有什么能让她惊起半点波澜呢？心突然莫名地疼了一下。令人心疼的小曼，和我一样孤单而安静的小曼。

我依旧每天庸庸碌碌昏昏沉沉，却再没有了小曼的陪伴。只是在含着阿尔卑斯的时候，会想起那个笑容明亮的孩子，以及我们的半个夏天。

再见了我亲爱的糖们；再见了小曼；再见了，我们的甜味岁月。

至少明天是晴天

蓝　绛

　　雪妃趴在桌子上酝酿着怎样睡才更舒服时，我正一只手挂着头，看着窗外淅淅沥沥的雨故作伤感地唱《过火》。大包扔了个纸团过来，要我安静。我吐吐舌头，不是我唱得不好，只是没人有兴趣听罢了。雨下了两天两夜，依然不见停，日子好像被雨水淋湿的面包，有些许发霉的味道。

　　操场是个低洼地，下面有地下水，下一点小雨就会往上反水，干了以后便白花花的一片，像个晒盐场。而此时，则泥泞得像一片沼泽地。

　　"你去操场走一圈，我就给你加薪！"李总从身后突然冒出来，幽灵一样。她自诩将来要成为"宝钢"的总裁，便硬是要人叫她"李总"。而我则荣升为她编辑部的主编。不过，我还真不太清楚她堂堂"宝钢"要我这小小的编辑部做什么。当然，我手下还管着一个人——宏泽，是我的记者。这起码让我还有些安慰。可他却不是专职的，既是我的记者，又兼职李总的司机，同时又是李总的"老同学"——"鞍钢"总裁的擦鞋小弟。美其名曰：他要养家。我本着"理解万岁"的高尚心理对他睁一只眼，闭一只眼，只当他是"打入敌人内部"。

　　我抬了抬脚："给我买双鞋我就去。"

　　李总笑得很无赖坐在我旁边。"那有什么问题？咱这么大个公司，还差你这点小钱？"

　　我想了想，还是没去，我不光要搭双鞋，还得搭条裤子，不值。

　　英语的题很难，阅读理解总是让人发困，很多单词都不认识。

　　丸子拍着我的肩说："给我唱首歌吧，听到你的歌声我就有动力！"

　　一曲《我可以抱你吗》下来，雪妃居然说我跑调！这简直是对我最大的污蔑，我可以断定，她是嫉妒心理使然，谁让她是跑调一寝的首席呢。

上次的英语卷子发下来了，宏泽又是最高分，大有功高盖主的架势，让我有点想撞墙。

中午和雪妃打伞出去买饭，要打包回班里吃。我们都讨厌太过吵闹的环境。食堂的饭，总是让人恶心。

柿子炒鸡蛋炒煳了，很难吃。

雪妃长得很古典，李总说她是顺治的妃子，顺治为了她看破红尘。雪妃也因此落了个"红颜祸水"的骂名。而我的印象中，是董鄂妃吧……

下午的课更难熬一些，至少我是这样想的。

丸子总是犯困，站了一节课，便说腿疼，我想她无药可救了。

自习课的数学测试像一只大手捂住了每个人的嘴，让人呼吸困难。雨依然下着，不大不小。花池里的土都浇透了，学校的园丁应该又省了不少事吧。我把数学卷子推到一边，揉揉太阳穴，翻出泰戈尔的《飞鸟集》。老师恰巧进来监考，我仓皇地将书合上，好像是怕她吓碎了那安然写意的文字。然后拉过数学卷子，继续揉那隐隐作痛的太阳穴。

不见天日的日子几乎要把人逼疯了。雪妃说，等上了大学，第一件事就是找个帅哥，痛痛快快地谈场恋爱！我笑笑，谁不想？

村姑总是在谈论她新买的衣服怎样怎样。原本半长不短的头发也被接成了及腰的大波浪。当然，她也不穿土得掉渣的花布衫子了，每次叫她"村姑"，她都把眼睛瞪得像牛一样表示不满。

是要上大学了。我想。每个人都在变，我也是。

政治老师喜欢在讲完课以后吃一块糖，他说他小时候吃不到，好不容易长大了，还不得补回来？很搞笑的样子。地理老师总是给我们讲怎么多得些非智力因素的分数，头头是道的。而班主任，则会沉着脸要我们靠实力说话，不苟言笑，研究历史的人，都多少有些古板的。

每天一张的地理卷子到晚自习结束的时候还差点没有完成，看来又要拿回去赶工了。要走的时候班里还有零星的人，Lady说她每天都要深夜一两点钟才睡觉，白天可也没见她困。她还真是有战斗力。

我举着伞出去的时候大家都看我，有些莫名其妙。我把伞拿掉的时候，意外地看到漫天的星星，和半缺不圆的月亮。"什么时候晴天了？"

"下午就晴啦，你不知道吗？"江江从我手中拿过伞折好塞进我的包里。

我耸耸肩，"还真没太注意，回家吧。"

老爸说后天还有雨，让人沮丧的消息。不过，有什么关系？至少明天是晴天。明天的语文课要讲作文，那可是我最值得骄傲的部分，真是让人期待！

来点阳光的感受

黎　天

2008年我初三。

2009年我中考。

一

　　粉粉和小C就在我身边抱怨，怎么就初三了呢？是啊，怎么就初三了呢？怎么就要中考了呢？怎么就要分开了呢？

　　武博站在讲台上唾沫星子乱飞地给我们复习二元一次方程，之后一遍又一遍地问我们明白了吗？然后就看见讲台下一群人在似懂非懂地拼命点头又拼命摇头。武博是我们班主任，一个刚工作四年的年轻小伙子。他的真名叫武波，精通数理化和英语，渊博得像个博士，加之他那些调节课堂气氛的小幽默，我们就亲切地叫他武博。

　　武博是很好的人。我说，武博能帮我补英语吗？他点头。小C说，武博能帮我补数理化吗？他点头。粉粉说，武博能帮我补英语和数理化吗？他又点头。然后小C砸出一个很实际的问题，要收钱吗？终于看见他的脑袋左右晃动了好几下。就是这样，幽默地过完了初一，再幽默地过完了初二，终于不能再幽默地过完初三了。因为初三之后我们发现武博就很少笑了。我知道那是叫我们给愁得。粉粉说不幽默的武博像个严肃的小老头。

　　好像是，又好像不是。

二

武博的温和很快反衬出另一个人的冷酷来，那就是我们的英语老师Atata。我们是她教的第一批学生。来格就纳了闷了，这么精致的脸下面怎么就藏了那么一颗冷若冰霜的心呢？记忆中貌似我们就没见她笑过。

来格的与众不同，Atata第一堂课就发现了。她先用英语然后用中文问他，你是白人吗？来格拍了拍胸脯说，正宗国产货。全班笑岔了气，Atata的脸由白变红，由红变绿。从那以后我就记住来格了，来格是个孤儿，可他一直坚强乐观地活着。他的文笔超好，校报上没少出现他的大名。他问我，你说我该不该取个笔名啊？我狂晕，哪有这么后知后觉的人啊，发表了这么多篇文章后才发觉自己应该取个笔名。

或许初三后的来格确实应该换个名字，因为他的文章中突然少了很多来氏风格。他一改往日的不羁作风成了婉约派的诗人。他说婉约派的人都比较多愁善感，初三后他突然觉得自己长大了，终于会为那些不及格的化学卷子着急了，也会为不久后的分别写下伤感的文字。

我忽然真的感伤起来。或许，来格真的长大了。

很久以后才明白，不只是他，还有我们，都在长大。

三

小C大清早就在教室里乍呼说特大新闻，武博是Atata的男朋友！我问你怎么知道？她说她看见Atata笑了，在跟武博聊天的时候。有人在为武博惋惜，来格和粉粉一副鄙视小C谎报军情的样子。

可是我信，因为我知道其实Atata也是很好的人。我曾无意中发现一直以来资助来格的那个叫宣姐的人其实就是Atata。我曾问过Atata为什么不光明正大地帮助来格，她说来格自尊心那么强，肯定不会愿意接受老师的资助。况且来格的接近满分的英语卷子就是对她最好的回报了，她不需要来格再感激她什么。虽然她表面上冷冰冰的，其实她很关心我们。她甚至比我更了解来格，她知道来格是个自尊心超强的人，这样一个好人与武博那样的好人在一起，又有什么不可能呢？

四

最后的最后还没到，只是也不远了。

武博和Atata真的是在一起。来格继续拿漂亮的英语成绩，还有小C和粉粉，都在陪我一起努力着。

我看见武博和Atata牵着手对我们说"加油"。

对，我们要加油，为了几个月后，也为了我们的以后。

几个月后会是我们人生最新的开始。

突然想起一首歌：未来就在前头/自由地寻找/来点阳光的感受/此刻就拥有

咱，一起勇敢

吖 吖

一

已是盛夏，阳光灿烂得好耀眼。我一个人捧着烧仙草味的珍珠奶茶，面无表情地走在大街上。就好像我爱遍了所有人，而所有人都没有爱过我。心里无限地空洞，就仿佛掉入了一个深不可测的无底洞，迷茫而慌乱。离米米离开的日子已经有一个月多了。

我还是这样，还是这样的不知所措。

耳麦里传来那首《越长大越孤单》。多久了，我依旧喜欢这种忧伤的歌，带着那种哀伤的蓝色调，在耳边回响，轻轻地在心里低声吟唱。小语走过来，拔掉了我的耳机。我冷冷地回头，淡淡地说："干吗？""吖吖，不要这样好不好？"小语努力地平静自己，对我说。我低着头，默默地低声吟唱着，无语。小语心疼地看着我，我知道，我又让她难过了。

呵，其实我没有怎么样。我只是习惯了在米米走后，一个人像刺猬一样保护自己。我再也不要，再也不要让自己受伤。

沉默，寂寞蔓延……

二

充满阳光的午后，教室里传来阵阵笑声。我捧着书，走近。"吖吖长得真的好黑哦！""黑炭公主。""哈哈！非洲难民。"刺耳的笑声在耳边响起。我仓促地加快脚步，从他们身边经过。他们依旧满脸写着笑意。

我狼狈地笑着，忍着痛，不让眼泪掉下来。

"吖吖，你知道吗？你当时笑得好白痴。"放学了，小语轻轻地对我说，"其实你不是真的坚强，不是吗？"我撇过头，不语。小语，我知道，你是关心我。就像你说的，我不是真的勇敢，也不是真的坚强，我只是习惯了，习惯了用笑去伪装所受的伤。

那天放学，我还是在小语面前哭了。在米米走后，我一直都是笑着难过。第一次，在米米走后，那样肆无忌惮地哭。夕阳很美，我们踏着夕阳的余晖，向前走着。

"我也不想这样。"许久的沉默，我还是忍不住开口了，"我只是不想像米米一样，遍体鳞伤，最后选择逃避。"

"吖吖，咱要坚强。我知道你很累。"小语握着我的手，很温暖的感觉。朋友，真好。

那天，我跟小语讲了好多话好多话，第一次那么释然。有个朋友陪着，感觉真好呀！小语，就好像那时的米米一样。嗯，对，米米。我会寻找到我的幸福，我一定会学会勇敢。

三

时光倒流，记忆在脑海浮现。米米其实是个很开朗的女孩。那时，和她在一起，我总会笑。她好像满肚子的笑话一样，总会逗我开心。记得那时我、米米和小语，常常会一起玩耍。只是后来，一切变了。我依旧记得，米米微笑着转身，走进火车时那决然的背影，留我和小语在她背后惨然地苦笑。我并不知道，其实米米在转身过后就落泪了。她只是不想让我们看到受伤的自己，不想让我们看到哭泣的自己。她只是在伪装，很累，很累。想哭，却心痛到哭不出来。

现在，从前的三人行，留下的只有两个人。我就像一只刺猬，保护着自己。呵，米米，我很蠢吧。

我坐在草地上，默默地望着那片蔚蓝的天空。另一个城市，米米是否也在和我一样仰望蓝天。小语走过来，递给我一杯奶茶，依旧是烧仙草味的。"想米米呢？"小语淡淡地说，我点头。"呵。我也想她呀！以前三个人一起，真好！"小语和我一起回忆着。曾经的一切美好，仿佛又重现在我们眼前。

"那个丑八怪，你们竟然还记得啊！"刺耳的声音在耳边响起。我们敏感地回头。是小萱，那个当年害我亲爱的米米离开的人。我咬牙，对着小萱大嚷："米米不丑！她的心永远是最美的。丑八怪是你自己吧！"小萱的脸色逐渐变黑，她抬手想打我，被小语挡住了。

所有的爱与恨，此刻定格。

四

后来，小萱还是转学走了。那天，我打了她。一向骄傲得像公主一样的她岂容得下被一只丑小鸭教训。我和小语在教导处受罚站了好久，她还是转学了。

米米的确长得不漂亮。一次火灾，毁了她原本幸福的家，毁了她的家人，毁了她可爱的脸蛋。我们都是受伤的孩子。但小萱，她总会在很多人的面前侮辱米米。他们总会在米米走在路上时，在米米坐在位置上时，在米米在食堂吃饭时狠狠地骂她"丑八怪"。那时，他们对我，至少不会像现在这样；但对米米，排斥到了极点。甚至连碰下米米也说有病毒。那时，我、米米和小语就像异类一样在班里存在。

我永远也忘不了那一天，小萱竟然当着全班的面说米米："丑八怪，没爸妈的孩子，病毒呵。"那时米米笑得很狼狈，就像一只受伤的丑小鸭一样，蜷缩在角落。后来，米米还是忍不住走了。小萱从那时开始，也开始把嘲笑的对象转移到我身上了。

五

小萱走时，老师让我给她道歉。我没有道歉，我冷冷地对她说："如果一个人的快乐要以践踏别人残余的一点自尊为基础，那么，你实在是太可耻了。"小萱那时怔了怔，没有说话，翘起嘴角，转身离去。

今年，我们收到了米米和小萱的信。小萱告诉我们，她后来才懂，只是后悔已经来不及了。她请求我们原谅她。其实，我们并不再恨她了，至少，她懂了什么叫作真正的快乐。

而米米在信里说，她在新学校很好，再也没人取笑她了。她说，让我们一起承诺，要一起勇敢，一起坚强，女孩不哭！

嗯。咱，一起勇敢。

蜕变，淡定地开始

喻蔡末

你完蛋了

当我妈推开房门，用一种咬牙切齿的语气对我说"你再这么下去你就完蛋了"的时候，我正嬉皮笑脸地盯着电脑屏幕，随便嗯了几声当作回应。我妈叹了口气就转身离开了。我没有转过头去看她一眼，仿佛视线被粘在了电脑屏幕上。可想而知，我妈当时的表情肯定失望极了。

我妈离开后，我伸手把总电源给关了，房间那么一下就安静了下来。我承认，不按程序关电脑是一个坏习惯，但我也管不着那么多了，只是突然很想要安静。

我坐在床沿边，两手相扣抱头，往后那么一倒，就沉沉地栽在了枕头上，然后我开始寻思，我妈现在是不是特恨铁不成钢？三年前，我说过我要戒掉游戏，然后我就真的没有再去碰。但是刚才，我突然想再去看看那曾经的游戏，于是又开始玩起了三年前的网游，在这个如此紧要的关头。

我肯定是神经搭错线了，这样想着，我真有种抽自己几个嘴巴的冲动，好让自己清醒。但是，我知道自己是下不了手的，也就是偶尔闪出个念头罢了。像自残自虐那些事儿，风水再怎么轮流转这辈子也跟我没这缘分。就好比，在家里发现小强，我宁愿费九牛二虎之力地把它给撵出家门，也绝不会选择一脚下去把它给送上西天。我有时觉得自己多有慈悲心，怎么说都得给人家留一条生路不是？但是现在，却是现实不给我留生路，脑袋像卡带似的就这么来回放映着几个活生生血淋淋的大字：你、完、蛋、了。

你不懂我

妈说："你这段时间别去玩手机了，多花些时间看书不好吗？"我给她的回答是淡淡的一句：我没玩。

我说的是实话，我都忘了自己有多长时间没用手机上过网了。我不给人家打电话，甚至别人发来的短信我也懒得回复了。他们都抱怨说我怎么像人间蒸发似的，突然间就没了音讯。我笑笑，还好吧。

Y的电话打了过来，我按下绿键，接通。电话那头的她来势汹汹，像审问犯人那样吼道："孩子，你去哪了？真是奇迹，连续两天打你手机竟然是处在关机状态。我说你故意的吧？"

我用一种特委屈的语气说："我的大小姐，小的手机没电，它自己关机的，这能怪我吗？"

一阵寒暄后，我幽沉沉地向她诉苦："怎么办呢？怎么办啊？我现在学习总感觉力不从心，好累，越来越孤单，所以经常在网上泡着，却更空虚。但是很快就要考试了啊！"Y听后，有些担忧地说道："怎么会弄成这样糟糕呐？你再这样落魄下去，真的没救了。"没救了。我突然觉得心底好凉，凉得让我连说话都变得有些哽咽。我笑笑说，手机快没电了，就先这样吧。然后把电话挂断了。

我呆呆地躺在床上，眼珠子狠狠地盯着苍白的天花板，心里阵阵酸痛，为什么？为什么连你也不懂我？

第二天，我收到了Y的短信，一共是8个字。4个重复的"加油"和句末的一个感叹号。我冷笑，真的好冷。看来，你是真的不懂我。

Y，你知道吗，东西吃多了会吐，油加多了会漏。我不要谁对我说或褒或贬的话语，比起这些，我更希望你能对我说句：别担心，会有希望的。那样，我会觉得很温暖，很温暖。

听着，一切还未结束

　　妈用一种不可思议的眼神上下打量着我，似乎是看到了奇迹发生。我在一旁安静地坐着，一言不发。也不知道什么时候开始变得惜字如金了。可能武侠片看多了，我就突然觉得如果说话了，那我的元气就会流失。天！这是什么跟什么，感觉快要崩溃了。

　　是的，我把鼠标卸下来给她了。我这一举动确实把我妈吓了一跳。而我呢，看着没有鼠标的电脑，心里反倒轻松了许多。看来这次我是真的下定决心了。呵呵，多凄凉，在所有人都对我失望，最后只剩我自己一个人之后，才懂得要奋起了。典型的孤军奋战。

　　突然想大哭又想大笑，情绪有点错乱。但是意识还是清醒的，忽然间想起了这么一句经典：革命尚未成功，同志仍需努力。呵呵，是的，这场游戏，还得继续。

6月，结束，亦开始

　　这天终于来了。我看着天空，蓝得那样淡定。仿佛曾经的熟悉，又回到我的身边。我深深地吸了一口气，走进考场，在那一刻，感觉所有的一切，都释然了。

　　6月。结束了，或快乐或悲伤的，都结束了。

　　接下来，不管会如何，都将是一场蜕变的开始。

第三部分

岁月如歌

　　我喜欢你告诉我那些美丽的童话，或是，你唱的那些或伤悲或轻柔的歌。我便在这甜软的歌里，安心地睡着了。我梦见，我睡在了由那些温软的调子织成的云朵上。香甜得，想轻轻咬一口。

——笛尔《如歌》

如 歌

笛 尔

你说你初次见我时，我正被医生滑稽地倒提着，睁着眼睛四处张望。贼兮兮的。

于是你忍不住"扑哧"一声笑了，我却"哇"的一声哭了。

然后你就知道，从此以后，你的一生就要栽在我手上了。

一

很小的时候，你喜欢抱着我唱歌，看天上温润如水的月亮。那时你还是个有才情的女子，善良而隐忍。你的嗓音一向都是沙沙的，唱起歌来却很好听。那些咿咿呀呀轻声哼唱的调子现在我大都已不记得，不过我知道，从此以后我便再也找不到那么好听的歌了。

你和他时常吵架，刀光剑影唇枪舌剑，每次都吵得很厉害。我常常能看到你身上的伤，然后心疼不已。生活里的琐碎终还是把你摧残成了一个现实的女人。柴米油盐酱醋茶，百味的日子把你泡烂了、泡透了，把我童年里那些咿咿呀呀的调子泡得发霉了、腐烂了。于是那个诗一般的女子从此在我的世界里消失不见了。那些歌，那些月光也随着时光消散殆尽。

岁月是蚀人的酸。

二

我8岁的时候，你带着我离家出走，在一个晦暗的院子里租下了一套房子。狭小、逼仄、潮湿、阴冷。

我讨厌那个地方，仿佛晦暗得让我滋生出了霉菌。可是这却是我们唯一的家。

你辛苦地维持着我们的生计，随时都像一根绷紧的弦。我一直都在担心某天它会不会突然断掉，然后你就会轰然倒塌。偶尔放松下来，我就能隐约听见你的叹息。

这时我才发现，原来我们一直都是在相依为命。

半年之后，我们终究是回到了家。其实于我而言，这所房子只不过是淡漠者的居所吧。

我依旧做我的乖孩子，不忍惹你生气。

10岁那年，你终于知道了他有外遇，你和他离了婚。法庭里只有法官、你、他、我，空旷得像个大教堂，安静且荒凉。我发誓，等我哪天不想活了，我就扔个炸药把这大厅炸了。

你终是知道了那个女子，比我大不过几岁，以前常来我们家玩，我还曾亲热地一口一个"姐姐"叫她。你带着我去找那女人，一个很隐蔽的地方，年轻的女子挺着很大的肚子。我们把她打了一顿。与其说是打，其实并没怎么碰她，砸了她的手机，甩了她几个大耳刮子，然后骂了她一通。我也甩了她两耳光，那是我第一次也是唯一一次打人。你完全可以动她肚子的，但我知道，你不忍心伤害她肚子里的孩子。你曾经告诉过我，不管父母有多大的错，孩子是无辜的。

我们当然是回不去那个家了。那天，我们冷静地坐在小姨家的沙发上，不出所料地，他打了电话过来。电话里的他暴怒得像头狮子，隐隐约约听得到电话那头有女人的哭声。他大吼着要和我断绝所有关系，我只是漠然地吐出了四个字："我不稀罕。"然后挂断，关机。

我转过头去看你，你亦是红着眼睛看我。

我们就这样平静地相视无言，看对方眼中的世界渐渐走向万劫不复。

你突然倒在我肩上号啕大哭，我知道你是支撑不住了，我一直都知道。

我安静地轻拍着你的背，然后像小时候你柔声唤我一样轻轻地说，在你的哭声里悲伤成曲："妈妈，我们没有家了。"

10岁的我，突然一夜长大。

三

那天之后，你就生了一场大病。你一直都是体弱多病的，我亦是。因此你常常自责为什么把一切不好的东西都遗传给了我。其实我不怪你，真的不怪你，因为我知道我们从来都是一个人，从来都是。

你很少得那么厉害的病，每天都躺在病床上，看窗外烈焰一样的夏天吞噬着一切，神情落寞而虚弱。

只有我在。

我看着你颓靡、悲伤，心里担忧而又害怕，害怕你的突然离去。

那时我才刚刚小学毕业。亲戚朋友也会常来看你，但我们终究都是无助的。

我们始终都是两个人，相依为命。

苍白的医院里永远都充斥着绝望与死亡的气息，我每天都在医院里穿梭，然后晚上又在你的病榻前沉沉睡去。

其实我并不怕医院里的药水味道和死亡气息，只是一种对未知的恐惧，一种害怕失去的情绪。

那是我最无助且绝望的日子，你知道吗？

其实我看得到你苍白的脸上透出的悲伤，你知道吗？

其实我已不再是个小孩子。

你知道吗？

四

你出院以后，我们开始了新的生活。我也进入了初中。

你给我找了继父，睿智、宽容。继父对我们很好，你又开始快乐起来，仿佛那场大病把你变成了一个孩子。

我开始叛逆，不按常理出牌。坚强、冰冷、孤傲。谁都不知道这个全年级最小的女生何以如此冷漠。我和男生们打架，纵使自己伤痕累累，也要以最凛冽的目光蔑视他们的存在，直到他们软弱地败下阵来。

成绩像球一样弹起又摔下，我担心它有一天会不会啪地彻底摔破，然后碎成一地一地的渣滓。

我和你开始争吵，愈加激烈。

你要给我剪头发，我死也不肯。你把我按在凳子上，手里的剪刀咔嚓咔嚓就剪掉了我的长发，一时间涌上来的怨恨让我失去了理智，朝你大吼大叫："你从来都是那么恶毒讨厌！难怪爸爸会不要你！"

我突然听见剪刀落地的声响。我疑惑地转过头，却看见你像是被剪断了线的风筝一样坠落下来，面无表情，眼神空洞而又绝望。

我慌了神，一边扶你一边说："妈妈……我错了……妈妈……对不起……妈妈……你起来呀……妈妈……"

连我自己都颤抖了。

然后你慢慢抬起头来，用哀怨而又绝望的眼神盯着我。

"滚。"

"滚啊！"你歇斯底里地吼道。

我想我真的是吓坏了。我跑出了家门，在学校躲了一整天，也哭了一整天。

直到傍晚，我看见你焦急地来找我，一遍遍地跟我说对不起……

回家。

我突然间泪流满面。

有你的地方就是家。

我看见你缓缓蹲下去哭了，于是我又慌了神，跑出来拍着你的背，不知所措地道歉："妈妈……对不起……我错了……"

你突然紧紧地抱住了我抽泣，没有说一句话。

原来你也是离不开我的，就像我离不开你一样。

我们始终是，相依为命。

五

越来越多的人开始说我们长得很像，性格也像。

我们一起去逛街，十有八九的人都以为你是我姐。你还不到40岁，身材还算不错，面容也还算年轻，拉直过的头发柔顺地从肩头滑下，衣服一般也是我给你搭配的，也难怪。不过我总喜欢在别人发出感叹时瞪你一眼，然后甩下一句："我哪有那么蹉跎的姐？"

你喜欢古典的东西，喜欢绘画，喜欢音乐，喜欢文学。我完美地继承了你的天赋甚至爱好。你喜欢听我用古筝弹《梁祝》，我就努力地弹熟背熟然后再弹给你听。我画了整整一个画册的画给你看，你笑曰："画画有长进了呢！都超过妈妈了。"我不语。我看过你的画，我离那水平差得还远着呢。

有时我喜欢戏称你作"姐姐"，你亦是笑，然后一边朝我扔白眼一边说："没良心的娃。"

只有我知道，其实你已经苍老了。

年初的某天，当我下了晚自习回家后，看见你一个人坐在沙发上黯然，一言不发。问你怎么了，你郁闷道："今天去理发店弄头发，居然发现我有好多白头发了。咳……老喽……"说完轻叹了一声。

心里突然像是被撞钟的大锤轻轻撞了一下，随即活跃成脑海里"嗡"的一声长鸣。

原来你终究会老去，而我终究要长大。

就像是渐渐被风干的某种物体，到了最后，大概也只能无奈地看着自己遗下来的这一段愈发干瘪而生硬的岁月吧。

岁月的长河终是轰轰烈烈地从你的额上碾了过去，留下长河流淌过去的沟壑。

这场时光的洪灾终是摧毁了你，我亲爱的你。

六

转眼又是冗长烦闷的夏天。

某日你午睡的时候，我偶然在你的包里发现了你的日记本。允许我小人一次吧……我已经看了……

打开日记，满满的都是你娟秀的正楷，满满的都是在写我，满满的都是你的爱。

该死！我把眼泪滴你日记上了。

我小心地揩去纸上的眼泪，又小心翼翼地把日记放回你包里。你却已经醒了，睡眼惺忪地说了句："没事做就去帮我收菜。"

"嗯？收什么菜？咱家什么时候种了菜？"

"QQ农场嘛！真的白痴，没救了。再不收菜就要被偷光啦！"

我抽搐中……哟嗬，老太太还挺前卫。

"妈，跟你说个事。"

"有话就说，有屁就放。"

"下辈子投胎我一定要做你妈。"

你继续白我。

"你丫头想造反哪？没大没小的。"

"如果下辈子我是你妈的话，我就像你这辈子折腾我似的折腾你。HOHO~"

"没良心……睡去吧你。"

我看见你翻个身又继续睡着，然后微笑起来。

亲爱的你，如果有下辈子，请让我来保护你，我要像你这辈子疼爱我那样疼爱你。

七

忽而又想起童年来了。那时的我还很瘦小，蜷缩在你的怀里，像极了一只孱弱的猫儿。我总以为，你的怀抱，定是这世上最温暖最安全的地方。小时候的天空没有受过污染，澄澈得如水一般，月亮也是明澈得如水如诗。我喜欢你告诉我那些美丽的童话，或是，你唱的那些或伤悲或轻柔的歌。我便在这甜软的歌里，安心地睡着了。我梦见，我睡在了由那些温软的调子织成的云朵上。香甜得，想轻轻咬一口。

夜凉如水，岁月如歌。

奏毕一曲光阴，夏夜里的女子青丝白尽。

我 和 你

苏含涵

有个男人陪我回家真好

晚自习回家，我和你依旧肩并肩，沿着昏暗的路灯慢悠悠地走回家，有一搭没一搭地谈论着校园的小八卦，语气淡然地像是在谈论天气一般。

路过精品店的时候，我习惯性地往灯光璀璨的橱窗瞄上一眼，很快速的一眼，只要看到那个穿着裤衩的大棕熊憨憨的笑脸还依旧，心就莫名地感到安定。

我很可笑自己怎么变得孩子气起来，居然会如此贪恋一件温暖的玩具。我忽生想法，想学着班里那些娇生生的女孩一样，跟你撒娇说，人家很喜欢那个，你买好了。

可是一想起你以前给我买过的洋娃娃，自己都像蜡笔小新的妹妹小葵一样，把她的眼珠子挖掉金发拔光，还振振有词，这么幼稚的东西你以后再也不要买给我啦！如果现在提出这个要求，那我都可以想象出你的反应，那眉毛肯定要吊起来，半信半疑地问一句：小姐，你肯定你对解剖术不感兴趣？

我想到这就笑了，看着你刚毅的侧脸，眼笑笑地把头转向路边的小吃摊。

一人一大碗蒸饺，个大皮薄，馅热热地烫在舌头上，顿时熨平了心窝。可是这么一大碗的分量，对一个女生来说还是多了点，尽管我肚子很饿，最后还是剩下了七八个。我看了一下你的碗，嘿，真不愧是男人，嘴巴一张筷子一动，嗖地就见底了。我也不客气，把剩下的饺子都扣在你的碗里，然后就擦擦嘴巴，心满意足地四处张望。

这个路段已经是特别冷清，精品店也准备打烊了，小吃摊老板也在刷碗准备收摊。我很怕黑，如果要让我一个人走在这里肯定是生不如死。所以这会儿的我，摸着圆滚滚的肚皮感叹道——

哎，有个男人陪我回家真好。

要大棕熊陪我过冬天

我17岁生日那天，你为我忙里忙外了一整天。布置了客厅，准备了蛋糕零食冷盘，还有满满的一桌菜。我只会在一旁瞎胡闹，差点撞到了端着热汤的你，三次碰到了挥着菜刀表演绝活的你，害得你大叫，你要谋杀啊。最后你还是把我赶了出来，还甩下狠话：厨房重地，白痴勿进。

那会儿我多骄傲啊。倚在门旁看着你忙忙碌碌的背影和香气四溢的菜肴就直傻笑。

当我和朋友约定的时间将近的时候，你却拿了风衣，一脸疲惫地说，玩得开心点，我有事先出去了。我执意拦住你不让你出去，一个劲地说没关系的没关系。你笑得很开心，可你还是出去了。这时候我恨我自己为什么要在12月过生日，外面多冷啊。朋友进来的时候冷得直哆嗦，太冷了太冷了，冬冬，我为了你可是什么都豁出去了。我赶忙撒娇了一番，在心里补上一句，你不也是！

那晚送走最后一个朋友，你就进来了。我猜想你肯定就在这附近！表面上还是一脸淘气，哼，冻坏了吧，跟你说用不着避开你偏不听，我还会嫌弃你吗？手里却递给你一个粉红的kitty暖手袋。听见你在嘀咕，真是女孩子的东西，连塞手缝儿都嫌小呢。正在收拾残局的我听到了就扑哧笑了。

我坐在床头上拆礼物的时候，突然就觉得很挫败，骷髅头耳钉、围巾、手套……就是没有我最想要的大棕熊！

我愤恨地睡下，一个人的被窝总觉得寒冷。如果有那只大棕熊抱着睡觉，那冬天就不再寒冷了吧，就像有你陪我回家，天再黑也不觉得害怕了。

066

别以为我会轻易原谅你

我还是跟你吵架了。尽管我的暖手袋还在你的口袋里，温暖依旧。

你找到我时，口气依然强硬。本以为你会很软弱地劝我回家，并且道歉。但是你没有。所以一路上我都不情不愿，老闹别扭。

你给我买了我最爱的甜食，汤圆、冰激凌，还有一大袋葡萄干，塞得我嘴里满满当当的，又接连听见你带着怒气的声音，死丫头，什么都学不会，就学会了早恋还有离家出走。我支支吾吾，什么也说不出。这时候你也不知道怎么想的，一点都不会观察形势，还像以前那样，斥责后就顺手往我的脑袋一拍。这下好了，嘴里的汤汤水水，都让你给拍出来了，弄得地上脏兮兮的。你倒好，面对路人嫌恶的目光还此地无银三百两，嗯呃，孩子身体不舒服呢。

谁见过身体不舒服的人手里还提着一大桶冰激凌呢？

回到家我立刻像女王一样，抽了一张纸，刷刷地写下龙飞凤舞的几行字：

> 你不该不相信我只相信一个见了不到两次面的陌生人的胡言乱语。
>
> 你更不该不听我解释就直接给我一个巴掌，尽管不痛。
>
> 你更更不该在我甩门而出的时候不拦住我，害我在外流浪10个小时。
>
> 你更更更不该直到现在都不给我道歉。
>
> 结论：即使你请我吃东西，但是不要指望我会原谅你。

你看后，闷闷地接过笔，写道：

> 爱女心切心一颗+担惊受怕10小时+在外奔走10小时+嘴还硬但是很诚恳认错心一颗=虽然有罪，念其有功，应当从轻发落。

我嚼着葡萄干，装模作样地敲着笔，在你的眼皮底下，嚣张地写下批语：批准！

和你错开了一个时代

　　我很喜欢跟你谈论音乐、电影还有文学等等一切听起来相当时髦的东西。可是你说你只认识张明敏张艺谋张爱玲。我很奇怪都是老张家的人。我跟你听苏打绿的时候，你皱着眉头说这个女人的声音唱坏了吧；我跟你大谈岩井俊二的电影有多纯净，你会露出鄙夷的眼神，小日本的东西么？跟你说安妮宝贝的东西有多耐看有多信仰有多小资，你却会一脸迷茫地问我，安妮宝贝？跟你一样大吗？小孩子的东西能好看到哪去！但是我在咱家很老的壁橱里翻出一本很有年头的书，看到上面刘德华的贴纸就笑了。那时的刘德华还是土到掉渣的中分发型还有青涩很不巨星的pose。这个让我感到很亲切，虽然我们整整错开了一个时代。

　　想必也是因为这个，所以我的房间贴满了Jay的酷脸，抽屉里塞满了各种的流行声音，你也没有多大异议。只有当我的成绩退步了，才会气咻咻地没收我所有的小说、CD。不过我一点都不担心，反正只要我安心读书，这些东西又会乖乖回到原位的。

　　我偶尔扯了篇自以为惊天动地无比浪漫的爱情小说，总会兴冲冲地在你面前炫耀。而你总会笑我过于天真过于理想化。你说，我年轻的时候还想要娶个像小龙女一样脱俗王语嫣一样漂亮黄蓉那样聪明的女人呢。

有些时候我会怀念过去

　　你总会在某些时候用一堆年代久远到我都不清楚的事儿来嘲笑我。比如在我跟你走过那条没有路灯，黑乎乎很吓人的巷子时，总会吓得瑟瑟发抖。那些爬在墙上的青苔在黑暗中发着绿莹莹的光，像是幽灵的眼睛。这时候读过的恐怖小说就会默契十足地跑来助兴。

　　你说丫头你怎么越活越胆小了，你5岁就能单独一人在11点跑去街上买馄饨，还说自己刚刚跟月亮赛跑了。

我没接话。

其实最近我常常想起你以前用单车载着我四处跑的日子。我坐在你后面总会不安分，不是乱扭着身子害你去撞树干，就是胆大包天站起来突然搂紧你的脖子吓你一大跳。那次我实在太调皮了，把脚都伸进车辐轳里，人为制造了一起车祸。现在脚踝还留着伤呢，夏天都不敢穿凉鞋。

前几天你从杂物间里拖出了那辆落满灰尘的单车，我幸福得像是找到童年的回忆，大喊大叫，让你载我去兜风。

你说，丫头，你还敢坐这车吗？

是啊，现在去哪儿能看到这种老气的横杆单车呢。它都和我的童年一起退役了。

其实不是所有的回忆都是美好的。我现在都清楚记得你一次载我去玩，那个经常来我们家的女人指着鼻子说是我拖累了你。其实我当时并不清楚"拖油瓶"这个字眼到底是什么意思，当时直觉就是很难听，像似骂人的话，所以会缩在你的背后直流眼泪。

回家后，我对着妈妈照片问你，你会不会给我找个妈妈。

你没有回答，只是进了厨房给我做了一碗面。

我左等右等，都等不到你给我买大棕熊，所以我用自己的稿费买了，很大，我两手都抱不住。但是睡觉时，我尝试着抱着它，可是无论把它塞进被窝还是露在外面，都比以前更冷。结果起床时，发现它掉在地上了。

如果这让你知道，你肯定又要说我糟蹋玩具了。

要给你整个世界

我18岁了，而你43岁。所以我觉得光阴就像是高超的魔法师，能不着痕迹地把一个人改变，只有回首时，才触目惊心。

你喜欢给我照相。你说当我长大后，用照片做成成打的纸电影会是件惬意的事。可是我怎么觉得我越变越难看了呢，痘痘都起了好多颗。而你呢，什么时候脸上多了那么一道道沟沟。你看人家刘德华，比你还老呢，可是看起来为什么就那样年轻呢。如果他现在还是你的偶像，我看你不是追他的歌他的电影，而是要奔他的养颜术去的。

我常常在你面前大谈将来，旅游啦，出书啦，你总是很有耐心地听。一点都不把这些当成是异想天开。

我知道你年轻的时候，本来有个很好的机会出外发展的，但是为了我，你放弃了一切。有时我常常会想，如果你当初真的走了，那生活肯定要比现在精彩很多吧。或许飞黄腾达，或许又娶了真的符合你理想的娇妻，而不是留在这个小城市领着一份中等的工资不咸不淡地过日子。

你把你整个世界都给了我。

这些我都没有跟你说起。只是每次我在你面前大谈理想的时候，总会在心底默默为你留一个位置。我希望我能带你去旅行，走过地球上的每个风和日丽。我希望你的每一天我都能参与，给你一种美好的生活，面朝大海，春暖花开。我希望自己也要像你对我一样，在你年老的时候，陪你下棋，陪你闲谈。我希望我们的人生都不再有缺憾。

这是我的承诺，爸爸。

一声叹息

九 月

一

你看你，又是这样，拿着我的卷子不肯松手。我很不耐烦地说，你可不可以给我，我得改题！你这才叹了口气，把卷子还给了我。

你看，你还是怕我的，对吧。

爸爸说，我小时候住在医院的日子都快赶上住家里的日子了，甚至儿科医生都认识我了。

这个时候我就开始瞥你。

喝苦不拉唧的中药喝到不耐烦的时候，就会给你甩脸色，然后开始发脾气。我嚣张地把碗重重一放，药从碗里漾了出来，洒在了你薰衣草色的裙子上，晕染出一片黄褐色。你终于生气了，迅速站起来，抖抖裙子，满脸怒气地看我。

我就开始掉眼泪。明明受委屈的是你。

你立马换了一副表情，柔声柔气地说，没事没事，不就一条裙子嘛。我一抹眼泪，狠狠瞪你一眼，人叫，谁说这是我的错了啊！都是你的事！都怪你！

都怪你。

17年前的某个夜晚我发高烧，你抱着我去医院，医生的一句"没事"你就真的以为我没事了，看着39.2℃你都会无动于衷。从这之后我便像留了后遗症一般，别人得流感也就堵个鼻子打个喷嚏的事，我却非得要发个烧。为此，你一直懊悔不已。

之后我想要什么你都会满足我，我刚刚吃了羊肉串就吵着要吃雪糕，你立马跑去买，结果晚上我就进了医院。急性肠炎外加由此引发的高烧。

现在，我和你吵架的时候，我都会拿出这些老掉牙的记忆说事儿。

都怪你，害得我动不动就发烧。都怪你，害得我肠胃不好。都怪你，害得我老往医院跑。

这时你都反驳不了我，只能看我坐在沙发上环抱着胳膊斜眼瞅着你。

我除了每天要喝药，还要吃饭。

你当然知道我爱吃什么不爱吃什么，当你端着我爱吃的番茄炒蛋时，我却说我"今天"不爱吃。我还特意加重"今天"这个词，你忍着怒气问我想吃什么，我说土豆。你提高了音量，现在家里没有土豆。

我扭头走人，回屋锁门。

我就是因为知道家里没有土豆，我才说我要吃土豆的。

30分钟后，你过来敲我的门，说咱们看电视吃好不好，现在电视里演《机器猫》呢。我开门往客厅走，指挥着你，说你去厨房给我热饭。

17岁的时候，我忽然发现，原来这些年，我说向东，你都从不向西。

17岁的我，一直认为你是个胆小鬼。

或许应该在"你是个胆小鬼"前面加个前缀，"在我面前"。

二

高中我成了住校生。但住进来后，昔日的热情却开始消退。

餐厅里的饭都让人提不起胃口，即使看着公共电视也咽不下去。宿舍里冷得让人睡不着，我只能整夜地和朋友们发短信。学校里没有人纵容我的任性，这是个堆满了个性张扬的90后的地方，谁都容不下谁。

我的脾气开始乖戾。我上课睡觉下课睡觉不做作业甚至懒得打小抄，我的人际关系变得相当紧张。

这些事情，我都没有办法跟你说，仁慈的你，肯定会教育我要团结同学。或者你也会告诉我某某其实是很好的孩子啊。

我不喜欢你说别家孩子好，你只可以说我好。

其实，我有很多的事情想告诉你，我想告诉你我觉得我是一个人在这里生活，我想告诉你老师不喜欢我，我想告诉你我不是坏孩子，但是我在变坏。

每次见到你，我想开口，可最后还是咽了一团空气。

我开始委屈自己。

但还是有人说我伤害过UA。我不记得我说过她的坏话，我真的不记得。

忘了多久以后，大家才发现我根本没有说过。UA转学那天，没有人帮她搬书。其实我很想帮她，但是我也不知道为什么我没有起身。我还记得，她抱着一摞书看我的时候，眼睛里有着异样的光芒。

是仇恨——而我，竟然像做错了事情一样不敢再看她。

UA走了，曾经指责我的人纷纷走过来拉住我的手对我说抱歉，不知不觉中伤害了你。

我不说话，我说不出话。

我只是突然想起你，我从来都不知道，我有没有不知不觉中，伤害过你。

后来的后来，你知道了这件事情，你也知道我一直为UA的转学而带着负罪感，你对我说，一切都会过去的。

一切都会过去的。

三

你和爸爸给我办了通校，我的学习也终于进入正轨，成绩有了起色。但是我没料到，你们会在下个学期让我重新住校。你们也是会厌烦每天早上六点半送我去学校晚上九点四十接我回家的对吧？

我没有反对，带着复杂的心情和鼓鼓的背囊去了宿舍。

宿舍换成了更小的房间，一堆人也变成了一对人。晚上上铺告诉我，我通校的那段期间她们曾经讨论过我。我说哦。

她说你知道吗，我们都在想你为什么要去讨好CQ。我像被馒头噎住了一样。

她最后说，连CQ都说，我也不知道她为什么要讨好我。

我暴跳如雷。

冬天的时候，我已经窝在被窝里发短信的时候，CQ让我给她掖被子，我就穿着单薄的睡衣下床帮她掖被子了。

后来同学告诉我，那是对我的不尊重，那证明我在她心里的定位是：仆人。

谁会在大冷天穿那么少专门去给人掖被子啊。同学这样说。

我没有接下话茬。同学以为我是怕得罪CQ，就没有强求我回应她的话。

其实我心里想的是，有一个人会这样做。你就会。你就会在大冷天穿得很少从卧室里跑出来给我掖被子。

我会以为那是理所当然，我从未想过那竟然是不尊重。

四

双休日很快就要过完了。去学校前，你让我先补补午觉，别在晚自习的时候睡着。

我却做了噩梦。

梦魇中，我一直在向一群人解释什么，可她们都不听，她们都跑了，四周开始坠下黑色，我蹲下失声痛哭。

惊醒后感觉额头凉凉的，上面覆了一层细密的汗。我坐起来听屋外的声音，很安静，你应该睡着了。

我靠在床头缩成一团，泪流满面。

其实不止CQ这一件事，很久以前，我就听到了很多流言。它们破土而出，在枯枝腐叶中汲取营养，开出妖艳却带着剧毒的花朵。

不知过了多久，我听见你惊慌失措推门而入的声音，你问我发生了什么事。

我不说话，只是哭泣。

你问我是不是不想住校，你又说想通校咱们就通校。

我只是说我头疼得厉害。

星期一你带我去了医院。星期二你去办理了通校手续。

你的包包里一直装着我的病历，而你始终没有拿出来过。

那天早上，我在上学的路上看见了你包包里的病历，我恶狠狠地提醒你，那口气更像是警告你，不准告诉班主任我的病。

我宁愿别人认为我是个娇生惯养的孩子住不惯宿舍，我本来就是受着你和爸爸的宠溺。我也不要让他们知道我得了神经衰弱。

五

2008年9月。

你还是一如既往地纵容我，但是我却敏感地发现你催促我学习的次数愈来愈多。我才发现，我上高二了。

我这样告诉我自己，然后收拾好心情，努力学习。我拿着十三名的成绩单给你看，你笑得很开心。

我也笑，但我很清楚，从前那头横行霸道蛮不讲理骄傲张扬的小狮子，回不来了。

我与同学保持着一定的距离，有人告诉我关于我的流言蜚语，我一点一点地听，然后不再生气。有人向我提出过分的要求，我还是会低下头帮忙，不再有骨气。我听女生哭诉她与前男友的风花雪月，然后皮笑肉不笑地安慰她说，没事我们还有灿烂的明天，再继续听女生稍尖的声音说你真好。

你说我懂事了很多，不会再任性地要什么。但是你的眼神里，却没有多少欣喜。

你是不是，在怀念从前的那个小霸王？

我也好想她。

你似乎知道了些什么。你说世界不是完美的，总有些事情需要你去面对。你说这个世界很容易就颠倒是非。你说这个世界就像一盘棋，棋子会不停地吃掉别的棋子或者被吃掉，但是棋局依然进行着。你说没有人会为别人而活着。你说人要为自己而活。

这和你以前教我的大相径庭。

你从前都教育我说世界是充满了希望和奇迹的，你要我做一个正直的人，你告诉我要乐于助人，哦对了，你当时说的是，要像英雄一样舍己为人。你现在却对我说，只有强者，才能在棋盘上撑到最后。你的目光深邃的像贝加尔湖一样望不到底，带着隐藏的悲伤。

你是不是，不想告诉我这些？

我想告诉你。虽然你用了"撑"，但我还是想成为强者。

我想变得强大起来。

因为我开始，想要守护你和爸爸了。

六

守护，说起来那么容易。

我整夜整夜地不睡觉，睡不着觉。我晚上开始看小说或者关灯独自心烦。你什么都不知道，只是在我早上要你给我泡咖啡的时候关切地问一句，昨晚没睡好啊。我都不言语。周末我泡在网上，不再学习。

我越来越没出息。

你在我码字的时候很小声地提醒我要写作业。我没理你，你便开始絮叨要好好学习天天向上上课认真听讲……我失控般冲你吼了起来：

我根本考不上大学！我连W大都考不上你知不知道！！我还学它干吗学它干吗！！！

你又像个做错事的小孩一样低下了头。

某天你突然对我说，你再稍微委屈一下好不好，你只要考个差不多，我和你爸爸会想办法把你送进W大。

你用的是"委屈"，原来你知道我不喜欢学习。但是我也很清楚，你们不认识W的校长或是主任。我甚至怀疑你们该怎样把我送进W大。

我没有说话，起身回屋锁门窝被子里。我想起小时候我对你说我要上F大，你笑着说你会的。

你会的。

我拉起被子蒙住了头。

七

我没有拼命学，我只能学一点算一点。你说这样就很好，我点点头，听话极了。但是你背过身去的那一声轻轻的叹息我还是听见了。

你开始学会对我说，考上名牌大学不一定会有好出路。你时刻注意我的一举一动，生怕神经衰弱的我头疼。一旦我开始有些浮躁，你就会立刻过来让我休息一下。

日子开始轮回起来。

我又做梦了。

我看到你和爸爸一起在远处为我举起一盏灯，你们好像看见我了，冲我奋力挥着手。我也拼命地挥手回应你们。我看不清远处的你们是不是笑着，我看不清你们有没有流泪。

但是我流泪了。

下辈子，换我守护你

木各格

就算离婚了，至少不至于饿死

我一直都清楚地记得，我"悲惨"的童年，是从7岁开始的。

7岁那年，你送我去少年宫学钢琴，于是，我那原本就被学习、舞蹈和画画挤得有些满的日子又多了项任务。

我始终认为，刚开始的几周是我走过的18年里最艰辛的。天天练习基本功，枯燥乏味；学习乐理，繁杂难懂。老师又近乎苛刻，弹错一个音符她手里的小竹条立马就挥了下去，一点商量的余地都没有。那个时候，小小年纪的我就明白了什么叫战战兢兢，什么叫度日如年。

兔子被逼急了也是会咬人的，这是你告诉我的。我想，那天我要么真是给逼急了，要么就是吃了熊心豹子胆。你在楼下第三次按响车喇叭的时候，我仍旧坐在沙发上看动画片——我罢课了。两分钟后，只觉得一阵风吹过，在我还没反应过来的情况下电视就被你关掉了，随后你拉着我的手臂往外走。走到一楼的时候，我终于回过神了，于是抓住楼梯的扶手，不动了。根据我多日的计算，从家到少年宫需要25分钟，而你从那再折回公司上班需要10分钟。我打的小算盘是，尽量拖延时间，说不定你会因为迟到而放弃，自己先去上班。

我叫你松手，听到没有？！你居高临下地看着我，语气非常强硬。

我低着头，一动不动。

这下，你终于火了，一巴掌打在我抓着扶手的手臂上。结果如你所想的一样，我松手了，并且号啕大哭，你却一点都没有动摇，仍旧将我拉到楼下，一把塞进车里，然后"啪"的一声关上车门，发动车子。

红灯的时候，你终于转头看我了。为什么不去？

老师很凶……天天练习，没意……没意思。我抽抽搭搭地对你说。

我是不可能让你就这么放弃的，所以不管怎样你都得学下去。你一手搭在方向盘上，如是说。

我目不转睛地盯着前面那辆车的车尾，不想理你。

不过，如果你能把这里面的曲子都弹出来，你就可以不用学了。你丢给我一本琴谱，厚厚的。

你要说话算数哦。我将琴谱抱在怀里，定定地看着你。你丢琴谱时的神情告诉我，你不相信我做得到。而这，恰好激怒了我，所以我毫不犹豫地答应了。现在想想，其实你一开始就把我吃得死死的，因为了解我的性格。莫扎特的《安魂曲》哪有那么好学。

当然。你答得很响亮，似乎怕我会反悔，又补充了一句，不要半途而废哦，那可是很丢脸的。

这还用你说！可是，为什么一定要学呢？我有些不甘心地问。

有一项才艺总是好的，哪天要是离婚了，至少还可以挣点钱养活自己，不至于饿死。你拍了拍我的头，说得那么理所当然。

我轻轻哦了一声，其实并不明白那些话的意思。直到多年以后，我才发现，原来，很小很小的时候你就教会了我，女孩子更应该自立，即使，没有了爱情。

就你这姿色，能不能推销出去还是个问题呢

你从不偷翻我的日记本，就算是在那个大多数家长防孩子早恋跟防狼似的年龄。

有天下午，我们一起整理书架上的书，我跟你扯学校里的小八卦：谁谁谁谈恋爱了，谁谁谁和谁谁谁闹分手了，谁谁谁的恋情被老师知道了。

你突然问我有没有男朋友。

我用一种很不屑的语气对你说，我才不干那种费时又无聊的事，中学生能有什么爱情，跟过家家似的。

你瞟了我一眼，用特鄙夷的语气说，得了吧，说得好像你饱经沧桑经验丰富看破红尘似的。估计是因为没有男生向你告白，吃不到葡萄说葡萄酸吧，就你这姿色，能不能推销出去还是个问题呢！

那一刻，我终于明白我偶尔的毒舌是拜谁所赐！也明白了为什么你对我那么放心，敢情你担心的压根就不是这个。

哼，就我这姿色，开学第一天就有男生给我递情书了。我翻了个白眼，踩在椅子上将几本书放在最顶层。

啧，我说那男生也太没有眼光了吧。该不会是递错了吧？一定不是帅哥！我就搞不懂了，你怎么就能收到情书？从里到外除了基本的生理特征外没有一点像女的。上学时穿校服那是学校规定，咱还能理解，假期天天穿运动服，你就不能换点比较女性化的？你就不能换件衣服别把自己打扮得跟老太太似的？

很好，铺垫了那么多，终于说到重点了。

080

你对我的穿着向来意见非常大，也难怪，估计再也找不到第二个像我这样的女生了。一年四季，衣柜里除了校服剩下的全是运动服。小学的时候都是白色，因为那时候衣服是你帮我洗的，白色虽然易脏我却不必担心洗不干净。上中学后就换成了黑色，因为你不再为我洗衣服了。

瞧你说的，老太太能穿出我这气质？清水出芙蓉，天然去雕饰那说的可是咱呐，我还需要用那些漂亮的衣服去装点？我回头，特自恋地对你说。

不要影响我晚上的食欲。你恶狠狠地说，眼睛却是笑的。

一直记得，那天，阳光穿过书房的落地窗，透过书架在地板上打下斑驳的影子，懒懒的，却暖暖的。

哪怕机关算尽，不择手段

18岁生日那天，我打电话给你，特矫情地跟你说谢谢。

你那会儿正准备开会，于是很不耐烦地对我说，忙着呢，别吵。

你都这么说了，我总不能还死皮赖脸地缠着你吧，所以我特识趣地把电话挂了。

告诉你，其实那天，就因为你的一句话，我准备了好几天的深情告白就这么胎死腹中了，你看，可惜了吧。

那天，我想跟你说，谢谢你把我带到这世界，虽然很多时候我会跟你顶嘴，但我还是很爱你的。

如果有下辈子的话，哪怕机关算尽、不择手段，我也要成为你妈!

然后在你7岁的时候把你送少年宫学琴，你要胆敢罢课我就揍你;在你自我感觉良好的时候狠狠地给你泼冷水，让你清醒地认识自己;在你对自己失去信心的时候大言不惭地夸你，就好像你是世界上最棒的孩子似的……

还有还有，在你身边，用心守护着你。

呐，小老太，你愿意吗，下辈子，换我守护你?

路小，我带你回家

微漪水殇

亲爱的路小，这些话反说给你听。路小，丫丫爱你。即使某天我们分离，丫丫依然会微笑着感谢路小陪我走过的时光，那么长、那么美的日子里，我亲爱的路小，一直在我身边，不弃不离。

你送我的公主后花园

路小是个快乐的老人，至少在丫丫面前是。十年前，当丫丫还是个小女孩时，路小跟丫丫的生活每天都是那么明媚。路小在自家小院种了很多花花草草，到了冬天的时候路小总会忙活着把花花草草挪到花房，挂个小木牌，上面写着：丫丫的花房。丫丫总是蹦着高拉着路小的手蹿到花房，指着一堆不知名的花花草草："外公，它叫大花，二花，大草，二草……"

路小宠溺地刮了刮丫丫的小鼻子，把丫丫放在小藤椅上："丫丫，这座花房是外公替你照顾的，是属于你的。"

丫丫睁大眼睛，往嘴里填入了一个石榴籽："外公，这是公主的后花园吗？"

路小点点头，摸了摸丫丫软塌塌的头发："我的丫丫什么时候才能长大呢？"

时光总是在催促中波澜不惊地淌过。岁月渐渐学会在路小脸上刻刻画画，就像路小说的，他的丫丫长大了。长大了的丫丫还像小时候一样，总是执拗地叫着那些花花草草为老大老二老三，也总是粘着路小甜甜地叫外公。路小心里很高兴，他想，如果时光可以慢一点，再慢一点，该有多好。

我们都是坚强的胡杨

不知道从何时起，有一种神秘的力量渐渐催化着路小跟丫丫的生活。它帮助丫丫长高，变漂亮，同时，也渐渐侵袭着路小的身体，使得路小变得越来越糊涂。

变老的路小已经没了力气去侍弄花花草草，偶尔有点精力陪丫丫温习功课，也会不小心趴在丫丫书桌上咕噜咕噜地睡过去。这时候，丫丫就会在日记里碎碎念："外公又睡着了，外公，你放心，不用你陪丫丫温书，丫丫照样会出人头地的。"

事实上，丫丫的确很争气，她总在形形色色的考试里拿漂亮的分数，所有的老师都像路小一样把丫丫捧在手心里，仿佛捧起了未来。

那天，丫丫正自信地站在台上演讲，丫丫的演讲稿里有这样一句话："胡杨千年不死，死后千年不倒，倒后千年不朽。"说到这句话时，丫丫上扬了嘴角，她想起了路小，路小在丫丫小时候就教育她要做一棵坚强的胡杨，永远乐观自信。丫丫华丽地谢幕，心里默念："感谢外公赐予力量。"

而此时的路小，没有坐在藤椅上晒太阳，而是躺在病床上，氧气罩里的他看不出任何表情，只是胸腔在有节律地上下起伏。

阳光把丫丫的手机屏幕上闪烁的字幕切割得支离破碎，妈妈的短信："外公病了，在医院。"丫丫吸了吸鼻子："外公，你说的，要做一棵坚强的胡杨。"

从此我叫你路小

上帝总是这样子，留恋一些人，偏爱一些人，比如路小。

路小醒来的时候冲着丫丫傻笑，丫丫妈妈兴奋地冲过去："爸，你醒了啊？"路小吓得躲到丫丫身后，嘴里含含糊糊地说："她是谁啊？"

医生说，路小得了老年痴呆症，有些东西遗忘了。

路小拽着丫丫的胳膊："以后叫我路小吧！"路小只记得自己名字的前两个字，而忘了最后一个"伟"字。路小说这话时，不停地傻笑，嘴边还流出了涎水。

丫丫点头。因为医生说，路小已经这样子了，家属应当尽量顺着他，当小孩子宠着。

路小用脸蹭丫丫的袖口："我们回去吧，这里味道不好！"

就这样，路小跟丫丫回家调养了。丫丫看着家里荒废的花房对路小说："路小啊，瞧你把丫丫的后花园照顾成什么样子了啊？"

路小摇摇头，文不对题地说："丫丫，你头上的蝴蝶结真好看！"

吃饭的时候，丫丫妈妈总是给路小夹菜，嘴里辛酸地说："爸，多吃点！"路小笑盈盈地擎起碗接过来，一股脑全倒在了丫丫的碗里，学着丫丫妈妈说话的口气："丫丫，多吃点！"

丫丫抬起头看妈妈的眼角湿湿的，对路小说："路小，乖哦，多吃饭才有力气替丫丫照顾后花园，去接丫丫放学哦！"

路小果然很乖地扒饭。米粒在餐桌上七零八落，路小俨然是个不能自理的小孩子。

084

那天丫丫在日记里写道：外公，不，以后，我叫你路小。

你快乐比什么都重要

路小真的像丫丫说的那样，去接丫丫放学了。他背着丫丫妈妈给他买的登山包，包里有太阳伞，小马扎，还有丫丫妈妈写的字条——她怕路小走失，在路小包里写的地址。路小很聪明，去接丫丫上学时，从来没有走丢过，他会认认真真地背诵每一个路口。

路小看见丫丫远远地从校门口出来就会兴奋地招手，吐字不清地说："丫丫，丫丫！"丫丫蹦过去："喂，路小，等久了吧！"

路过丫丫身边的胖女生小声嘟囔："瞧，徐丫丫的痴呆外公！"

丫丫转过头："我外公是天真！"

说着丫丫就拉着路小回家。路过步行街的时候，路小叫嚷着要1元钱一只的烤红薯。路小把嘴巴填得满满的，指给丫丫看自己的腮帮。丫丫点头鼓励，我们路小最棒了，胃口越来越好了。丫丫想起来了小时候自己哪怕取得一点点进步，路小都会奖励自己，有时是一支糖葫芦，有时候是一条花裙子。

走在小区里，路小拉着丫丫去凉亭看老头下棋。路小坐在小马扎上，端端正正像个幼儿园的小朋友。路小早已忘却了自己年轻的时候可以激战一个小时将所有的对手斩于马下了。他只会趁老头不注意的情况下偷出一两个棋子，得意地笑着。丫丫肆意地纵容着路小的胡作非为，丫丫心里明白，路小快乐比什么都重要。

路小，你要好好的

进入了深秋了，凉气可以从足趾一直张扬到发梢后仍然不罢休地让你患上一次重感冒。丫丫站在校门口，用力拍拍肿胀的大脑，左右张望。路小还没有来。粗心的丫丫只当是路小睡过了头，就一个人回了家。丫丫买了路小爱吃的烤红薯，还给路小买了可以御寒的围巾，心里念叨着："路小，不要早早吃饭哦，等丫丫给你带好吃的。还有呢，丫丫给你买了围巾，以后接丫丫放学你就不冷了。"丫丫想着想着，步伐渐渐轻快起来。

当钥匙在锁孔间游离时，丫丫没有听见路小的吵闹声，等待她的是长久的沉寂。丫丫机械地转过身，拼命地跑，跑过凉亭，跑过红薯摊，路过路小跟丫丫所有的回忆。丫丫仰起头，让眼泪倒流回到心里，她告诉自己，我不能哭，路小说过，丫丫哭的时候像只大花猫，一点也不漂亮了。

丫丫记不清自己跑了多久，只是在医院门口看到妈妈肿胀的眼睛就一头栽了下去。

感谢上帝怜悯你我

丫丫的重感冒足以将她束缚在床上整整两天。丫丫醒来时，四周是苍白的颜色，偏过头，路小正安静地躺在邻床。

丫丫伸出手去握住路小苍劲的大手，路小的手指僵直，失去了曾经特有的温度，一点也不像那个会编草蚂蚱的手了。丫丫用力晃着路小的手："外公，外公！"由于用力过猛而扯掉了手上点滴的针头，血汩汩地流下，氤氲在空气里，丫丫觉得心里凉凉的，眼泪不可抑制地落下来。但路小似乎正在和丫丫玩捉迷藏，始终一动不动。

医生说，路小的病情加重，有可能丧失语言能力。

丫丫听后，心里有些抽搐："路小，你怎么可以呢？丫丫还没有听到未来的某一天丫丫最漂亮的时候你夸赞丫丫呢……"

当秋天的云朵越来越高，越来越淡的时候，丫丫的重感冒好了。丫丫拉开病房的窗帘，让更多的阳光倾洒在路小身上，调皮的太阳光斑在路小额间调试着美丽的肌理。丫丫蹲下身子对坐在轮椅上的路小说："路小，我带你回家吧！"轮椅上的老人仰头看了丫丫很久，郑重其事地点了点头。

086

告诉所有的人：或许我们每一个人都会有这么一个外公，他有时候很糊涂，有时候也会很麻烦。但回头想想，小时候是谁把我们扛在肩上去买糖葫芦，是谁骑着老式自行车去接我们下幼儿园？即使他老了，烦了，但终究是爱我们的人。对于他，我们不仅仅是担当责任，还要给予更多的爱与耐心。请回家告诉你的外公，你爱他，而且会爱他很久很久。

来世我想做你的妈妈

夕里雪

初次见识到奶奶的厉害是在4岁半，当时我的父母刚刚离婚，母亲一去无踪影，父亲为了我的生活不得不外出经商，把我寄养在奶奶家。记忆里奶奶是一个慈爱与凶悍兼有的人，她会很耐心地用彩色皮筋把我的头发编成各种漂亮的样子，可一旦我被扯疼得咧嘴哭闹时她便停下来瞪着我，小小的眼睛里射出犀利的光，令我不敢正视。那时奶奶在我眼里是一头老虎，因为她生气起来会把我吃掉也说不定。

随着渐渐地长大，我发现原来自己与奶奶都是脾气很火爆的人。奶奶生气的时候会把所有的家务一声不响地扔在一边，用整天整天的沉默来表示对我的不满，可一觉醒来她还是一声不响地把昨天落下的活全部补上，好像什么事都没发生过一样；我生气的时候会把枕头被子扔一地，用更长久的沉默反抗奶奶的专制统治，可8个小时的睡眠过后我一声不响地把被子叠好、枕头放好，心情不错地亲一下奶奶的脸代替说"早"。那时我觉得其实奶奶与我一样都是孩子，任性又不懂事，一点都不会遮掩，所有的情绪都写在脸上；而且都极其健忘，发完脾气后缓冲都不用就可以恢复到正常状态。

第一次与奶奶大动干戈是在初二，那时我喜欢上同班的一个男生，14岁小女生的青涩感情都被我写在了日记里。可是奶奶居然偷看了我的日记！不仅如此，还正大光明地把它当作犯罪证据揭露出来。那一次我真的气极了，像一只被点燃的爆竹到处喷火。我当着她的面把整本日记撕成碎片扔了一地，大声地对她吼："你以为你是谁啊，我的事和你有什么关系！我的生活怎么过是我自己的事，我高兴喜欢谁就喜欢谁，我爸妈都不要我了，你有什么资格管我！"我不知自己哪来那么大的胆量，因为在那之前的十年我对奶奶一直都是很畏惧的。吼完那些话之后连我都愣住了，我怎么能用那么刻薄的话去伤害这个一直关爱我的人呢？可是已经来不及了，奶奶像是被人狠狠地打了一棍，顿时失去了所有的力量。她什么话也没有再说，只是拿扫帚扫干净了地上的碎纸片，动作很慢，仿佛一瞬间便衰老了许多。

那天晚上，奶奶哭了很久，小声地躺在床上抽泣。我有些后悔，装作上厕所跑去偷看了她好几次，听到我的脚步声她便装出一副睡到打鼾的香甜模样，可我一离开便又止不住抽泣。

我一直把自己当成需要被人疼爱的小孩，因为我不曾有过在父母膝下撒娇的童年，不曾有过富足奢华的生活，我认为是这个家亏欠我的所以我就理应得到宠溺，却忘记了真正应该委屈的人是奶奶，为我的学习、生活忙碌的是她，每月把少得可怜的生活费精打细算的也是她，忍受我坏脾气的还是她——其实，奶奶更是值得人心疼的老人。

因为担心第二天早上奶奶赌气不叫我起床，所以提前把闹钟上好了电池。可奶奶的声音终究还是比闹钟先一步传来，一如既往的大嗓门立刻把我从梦中活生生地拖出来："起床了！都几点了还赖在床上，迟到了怎么办？起来！"说实话上了这么多年学这是第一次感到奶奶的声音如此悦耳，只不过她关心人的方式，有点……带火药味而已。

上了高中不久，奶奶有意无意地说了一句："你刚到我家时还没冰箱一半高，现在你都上了高中，而我也老了。"当时我不知怎的鼻子一酸，眼泪扑簌簌地落了下来。是啊，奶奶的确老了，她用13年的时间去照顾一个永远让人不放心的孩子，为此她偏离了自己的轨道，独自一人撑起一个属于我们两个人的家。没有任何嘉奖，有的只是我隔三岔五的坏脾气。

可她从来没有怪过我，只是在我每次发完脾气后小声地递上一句：我知道你心里不好受，我老了，什么都不懂，做错了什么你可以说，别和我发脾气行吗？

那样子真的像是她故意做错了什么一样。可她又做错了什么呢？其实不懂事的那个人从来都是我。

奶奶知道我喜欢看武侠剧却苦于上学没有时间，所以总是很努力地把那些她一点兴趣也没有的打打杀杀记下来，然后在吃饭的时候讲给我听。但她永远记不住那些主角的名字，只能是"那个男的和那个男的今天打起来了，结果那个男的败了……"听得我迷迷糊糊。她知道我的梦想是学法律，所以总看"说案"之类的节目好与我有更多的话题；她知道我喜欢谢霆锋，所以看电视时总会特别关注是否有他的节目，然后炫耀似的告诉我"今天xx台演了你偶像的电视剧"；她和我学英语，虽然一个星期下来也只记住了一个单词"say"，却还高兴得不得了……细数起来，奶奶曾经让我的生活里增添了那么多感动，她用爱与包容为我搭砌了一座桥，跨过命运曾经的不公到达彼岸的幸福。

忘了什么时候曾对奶奶说过：奶奶，下辈子让我做你妈妈吧，她问为什么，下辈子你想治我好报复我管教你啊？我说不是，因为那样你就可以痛痛快快地向我发脾气，把你受的委屈都还回来。奶奶听了很高兴，说好啊，就这么说定了，你不能反悔。

也许奶奶把我的话当成了玩笑，但她不知道那是我的承诺，也是我的愧疚，更是我的感激。感谢有她的存在，让我有勇气撑开一片属于自己的晴天。我喜欢用"我们"来形容和奶奶的关系，不是普通的亲人、朋友或者祖孙，而是超越了年龄界限的一种依赖，也许有过不快，也许发生过摩擦，也许曾经硝烟滚滚、雷霆万钧，但那是我们的生活，是我们彼此关爱的方式。

我们=幸福。

第四部分

双生花朵开

世界上的另一个我，不只是为了简单地寻找一个相同或相似的灵魂。少女们自言自语的青春里总会渴望自己不曾拥有的东西：如果当初像对方一样坦率或坚强，会不会踏上另一条完全不同的路？所以在频频回顾的同时也在默默地祝福，祝福着另一个自己，可以拥有幸福的人生。

——闹钟是个杯《双生花朵开》

双生花朵开

闹钟是个状

明明只是《NANA》漫画里简单的对白，我低下头再抬起头时，眼角却有明显的潮湿感。或许是因为终于听见奈奈鼓起勇气把心里的声音传达给了娜娜，她们手牵手的那份温暖，我竟奇迹般地感受得到；或许是我同奈奈一样，在青春成长的岁月里，那么热切地期盼能有另一双手挽起自己；又或许，是那一瞬间，我突然想起了你，想起我最爱的那个，12岁的苏苏。因为这样低头又抬头的惯性动作，像极了你热泪盈眶的深情，我恍然明白，我们丢失在时光陷阱里的爱，再也回不来。你瞧你瞧，我连寂寞调侃的语气，都那么像你。

我一遍又一遍地看《NANA》，因为里面有我爱在心底的两个女子，性格迥异，却因为名字相同、年龄相仿，在20岁遇见以后，固执地把对方当成另一个自己。我曾一度自以为是地把自己想象成娜娜，认为骨子里的自己如她一般，倔强勇敢，坚强到有足够的力量一个人长大不需人帮。但等到强装的倔强将自己伤得遍体鳞伤，恍然发现，我只不过是个需要人陪的小松奈奈。上学、放学、毕业、长大，如果这是我无法预测的成长，那么，在我的童话里，苏苏，你就是可以永恒不变的，我的NANA。

12岁的遇见，一定是大魔王精心的安排。我那时候的恣肆和嚣张，都因你的宠溺变得温婉美好。像你。所以当长大后看见你的文字说，明明不喜欢某个明星，却因对方的崇拜而装作热爱。我突然间伤感起来，这样的难过，不是因为你的"欺骗"，而是由于我知道原来一直以姐姐的姿态想要保护的女子，居然小心翼翼地反过来保护自己。如果换作以前，我一定会小心眼地大嚷大叫，可现在不会了，不仅是因为尖锐的棱角被时光磨平，而且看见你写"可是我喜欢的人，她却一直排斥"，感觉到心里有暖暖的液体流过，彼此细腻的隐藏是维系情感最好的纽带。苏苏，我一定不曾让你知道，我很喜欢听你的明星唱"听妈妈的话，别让她受伤"。就好像偶尔我也很听你的话。苏苏，我想我们是不常吵架的，表达对于我们来说是那么尴尬。NANA说："会吵架的朋友才是真正的感情好，可是，吵架始终只是两个自我的冲突，毕竟人不是只要说出真心话就可以互相了解的动物。想要一辈子不受伤，虽然是不可能的事情，但一定要努力做到，不要去伤害别人。"我真的这么相信呢。

　　苏苏，我从不曾认为，友情不过是杯饮了一半的水——倒掉可惜，不扔又是累赘。

　　亲爱的苏苏。哦，苏苏，我记得我从不这样唤你。我对很多人都说过"亲爱的"，却从没如此唤过你。靠得太近，反而会无所适从起来。所以请你不要觉得，这个人怎么这么奇怪，明明亲昵，却又刻意疏远。我一直会因为亲密而觉得尴尬呢。

　　但是，苏苏，我们又都是写字的孩子，与《NANA》相比，我们拥有着共同的信念。所以你一定听过，有一种花叫双生花，它们只有一个根，相依相生。而你不一定知道，双生花，是有花期的，当一朵花将自己的精华全献给另一朵花，以为另一朵花可以很好地活下去时，其实她不知道，另一朵花会因为她的死亡也选择离开。我想，你一定会愿意同我一起演绎一场双生姐妹花。所以如果有一天，谁突然失去信仰，请一定记得，不要彼此嫌弃。请让双生，就这样延续下去。

　　"世界上的另一个我，不只是为了简单地寻找一个相同或相似的灵魂。少女们自言自语的青春里总会渴望自己不曾拥有的东西：如果当初像对方一样坦率或坚强，会不会踏上另一条完全不同的路？所以在频频回顾的同时也在默默地祝福，祝福着另一个自己，可以拥有幸福的人生。"

　　苏苏，请让我们，一直这样走下去。

花开花落，有你

苏　辰

　　一个人在街上走了很久，突然觉得寂寞。我的左耳阵阵疼痛，如果不是可以听到远处的歌声，我几乎以为自己失聪了。低下头，看着右手发呆，它的旁边空荡荡的，曾经牵过它的主人，现在已不知在何处了。抬头望着满世界的霓虹灯，眼睛突然就被刺痛了，眼泪瞬间落下来。最近一直在想以前的事，是不是我快衰老了？有人说过，一个人在接近死亡的前几天，会一直回忆以前的事。Lok，我是不是快消逝了？

　　我会永远记得，在我10岁那一年，有一个大眼睛，梳着规矩的马尾，露出高高额头的女孩出现在我的视线里。我站在马路的对面羡慕地看着她，很久很久，直到奶奶喊我，才离开。而在12岁那年，这个女孩成了我的同班同学。Lok，你没有记错，你是12岁时才认识了我，但是我提前了两年遇见你。所以我一直把"10"当作我的幸运数字，而你一直以为我是为了寒翌才喜欢的。抱歉，我和你一样不善表达。

　　很多时候，我一直认为和你的遇见是一个奇迹。你是那么的优秀，你会弹吉他，会画画，整天泡在网络里却仍可以拿那么棒的成绩，好像没有什么可以难倒你。而我以前燃烧的火焰却在逐渐地熄灭，我不再是以前那个优秀的苏苏，我开始在走下坡路了。所以我固执地把你当作米砂，我是莫醒醒；我总是在想，我这块尖锐的石头是不是因为你而变得平滑。以前我是那样的口不择言，像那句"因为她崇拜某个明星，所以自己也装作喜欢"，或许只有上帝知道，那是我的气话，可是你还是受伤了。我是不是要道歉，亲爱的Lok，I'm sorry！

　　现在的我，除了读书之外，还有一件事要做，就是守护你。就像米砂一直守护醒醒一样。我会乖乖听你的话，不和你拌嘴，不和你吵架，不和你抢东西。你不开心，我就陪你；你想哭，我就让你依着；你要过马路，就让你站在我的左边。这样，你会很安全。可是我不懂，为什么我们开始变得生疏了，放学不会一起回家，周六不会一起逛街了，话也不像以前那样多。或许，这不叫生疏，是距离吧。距离产生美，我们的感情，是没有减少的吧。对不对，亲爱的Lok。

Lok，你说，我们都是寂寞的孩子。我想是的，在喧哗的人群中，我们伪装着成为其中的一员，任满世界的空洞将我们的心填满。你在键盘上敲出你的寂寞，而我在纸上写下我的忧伤。你能够想象么，当我在每期不落的《中学生博览》上看见你写给我的文章时，我抱着那本小小的杂志哭了一夜。我跟你一样认为，我们的相遇是一个奇迹。我们说过要永远在一起，可是永远，又有多远呢？两年后，我们或许就要各奔东西了，我们的梦想存在着巨大的分歧，我向往类似古代诗人的隐居生活，而你却胸怀大志地想要征服城市。到时候，你会去闯你的浙江，我默默去向我的新疆，两个地方虽有着共同的"jiang"，却是那么遥远。我怕，我会因为太忙碌而忘记你，那该怎么办呢？我怕如果有一天，我跑去找你，你会认不出我来。亲爱的Lok，所以我固执地留一个被你称为"傻瓜头"式的发型，固执地穿白色衣服，这样即使再热闹再拥挤的人群，你也一下子就可以发现矮小又平凡的我。

亲爱的Lok，我喜欢这样称呼你，因为这会拉近我们之间的距离。我想别人是羡慕我们的吧！我们小心翼翼地保护着彼此，生怕对方受伤，这样是好的吧。我总是想让你知道，我也喜欢舒畅、雪漫、寂地，也喜欢四叶草……只不过我喜欢淡淡的，不像你的浓烈奔放。我也知道双生花的故事，如果其中的一朵想继续活下去，就必须汲取另一朵花的精华与幸福，而另一朵花会枯萎而死，这是它们的意愿，也是它们的宿命。Lok，如果我们是双生花，我一定会选择当那朵先枯萎的，因为我想让你更幸福地活着。这样，我也会微笑着干枯。

闪烁的霓虹灯，在世界里漫天飞舞。带着一颗疲惫的心，在街上行走，亲爱的，我又觉得寂寞了，因为你不在我身边呢。我站在路边静静听着一首歌，你也能听得见吗：

我一直都在你身后等待

等你有一天回过头看我

我的笑送给你希望你快乐

你的难过都给我

关于你的一切我都

好好收藏着

等你有一天能感觉到我

就算我在你世界

渺小像一颗尘埃

我也会给你我所有的光和热

Lok，你现在又在我心里的哪个角落？是不是也在想我呢？花开花落的季节，有你，已知足。

右手边的世界

汐一诺

懒猫，这是我第一次为我们俩写文字呢。嗯，要从哪里开始呢？

曾经，我们是同桌。我坐在你的左边，你坐在我的右边。你总是用左手写字，奇怪的是，我的右手和你的左手却很少"打架"，我一直不明白为什么。

其实，你有个蛮好听的名字，可是，我却一直喜欢叫你懒猫，尽管你一再"上诉"。因为，你真的很像啊。夏天时候的你，似乎总是睡眠不足，一到午后，就雷打不动地补觉。甚至，在老班的语文课上，你也会左手拿笔，垂着头打盹。你知不知道，那样很冒险的啊。这样的后果是，我不得不想尽办法，在老班"飘"到我们旁边之前弄醒你，结果却往往收效甚微。

某一次，你为此被老班猛批一通，我都替你难受。可是呢，你却依然如故。懒猫，我是不是该说，你是个有点任性的直率的孩子。

那时候的我还没想过，如果有一天，我们不再是同桌，每一天的生活会有什么不同。可是现在，从没想过的"如果"也变成了现实，老班把你调到米多的旁边，从那一秒开始，我的右手边，再不是你的世界。

呵呵，我又在回忆了呢。

说真的，你并不是个好同桌。作为懒猫，你几乎具备加菲的一切特质。你不喜欢写作业，英语课被老师叫到时，十有八九是对着我的练习册念答案。你常常让我帮你做事情，一脸可怜兮兮的表情外加连珠炮式的央求话语，却在我点头的瞬间露出一个大号的得意笑容。你对下课铃声极其敏感，但是一上课就无精打采。当然啦，也有例外——电脑课和体育课。

打羽毛球的时候，你又显现出猫的另一面：敏捷、灵巧、充满活力。我远远地看着你挥拍，心里会暗暗地叹服。

你说，我为什么还会想念你呢？是不是因为你是魔术师，有一种神奇的魔法？

那个阳光明媚的上午，课间，你递给我一根草莓味真知棒。到现在，翻开我那本又厚又重，但新崭崭的《新概念英语》，还是可以看到，印着草莓图案的糖纸，安静地躺在第220页和第221页之间。

也许，所谓的不好，只是你不够完美。不过，又有谁可以做到完美呢？我们都没有资本，要求别人消灭不足。也正因为有各种不足，世界才更可爱。

懒猫，你看，我是不是说对了？我觉得像在安慰你，但，更像在安慰我自己。

上课的时候，不专心的人很多。我们常常也会加入其中。自习课，便是挣脱束缚的最佳时机。或许，我们都是不安分的孩子。从来不想循规蹈矩地生活。只是，老班心血来潮，让我做了值日班委。似乎在我值勤的时候，总是"包庇"你，很少关注我右边的那个角落。想起来，真的很不乖呢。

忽然想到，以后，是不是可以利用自习课的时候，写点文字啊。可是可是，没有你坐我的右边，会不会有人认真地看我动笔呢？不会了吧？

我是喜欢唱歌的。写字的时候，常常轻轻地哼唱喜欢的歌曲。你没有给过我评价，我猜，你也许觉得，在枯燥的学业里，有歌声润色，还是不错的吧。

只听你唱过一次歌，没有听过的歌曲。早已经把歌词给忘了，只是觉得，你的声音确实不错呢。你告诉我你喜欢的歌，我听着，似懂非懂。以后就再没听到。呐，什么时候，你可以唱首歌给我听呢？就像原先那样，坐在我旁边，浅浅地哼唱，传进我的右耳朵。

现在的我，爱上了幻想。有时候我会想，如果有一片开满了向日葵的原野，我们一直用力地奔跑，跑累了，就直接坐下来，坐在向日葵中间，背靠着背，我在左边，你在右边，就这么望着天空，多好呢。

这个场景，是不是只会出现在我的幻想中呢？

那，就不想了吧。

你其实是很聪明的，可是，为什么不努力呢？我们一起坐的日子，差不多没见过你抱着课本啃。你说你从来不喜欢英语，看到英语单词就头疼。但是在期末复习的时候，你破天荒地要我帮你。翻出英语书，要我在有词组要背的单词旁边做标记，再把词组写下来。

我真的以为你会从此"脱胎换骨"了哦。你确实是努力了几天，却没有坚持到最后。

懒猫，我很希望你能进步。希望我们一起努力，更希望有一天，我能为你骄傲。可以吗？

做同桌的日子，还是很快乐的。有那么多闪光的片段，精彩到语言都难以描述。我们一起玩"将军签"之类的游戏；你让我看你练习魔术，偶尔还一步步讲解；在无聊的时候，两个人互讲笑话……

想到这些，心里就好像有一棵大树，慢慢地，开出一片一片的花，在阳光下绽放。

地理、生物成绩揭晓了。已经得知考了2A的我，期待着你的成绩。老班说，你是1A1B。听这句话的时候，你的脸上分明写着难以置信。看到你的表情，我心里疼了一下。

嗯。初三我们不再一起坐了，你要加油哦。不要再打盹了，米多是不会像我那样叫醒你的。还有还有，请记得，你曾经的同桌，祝你快乐。

右边，换了个人。

但是我总觉得，位置还是空着。

突然想起来，和你一起坐，有8个星期了吧。可是，我还从没叫过你一声"同桌"呢。那么，就叫一次吧。就这一次。

同桌。谢谢你曾经给过我的一切。那个始终在我心里的，右手边的世界。

时光变换，我们依旧

芭霓

我闭上眼睛。

那些温暖的小时光在脑袋里不知疲倦地浮现。我们这样温暖过。然后那些温暖像瘟疫一样地蔓延在我们以后的好多时日里。

静静的回忆。

你。

我。

香芋奶茶。

盛开在淡漠里的黄昏。

我接到你的电话时，听见了你的抽噎。你很简单很简单地说：小尹，有时间吗，下来陪我。然后我就抓起外套，跟还在煮饭的妈妈说：妈妈，我出去一下。其实我也没谱，因为我不知道这个一下会是多久，会不会嘴巴这么笨拙的我，无论如何也找不出适合的词安慰你。可是，我想说我会愿意静静地坐在你旁边，给你一张一张递纸巾的。

你从马路对面走来时，已经张开了双手。瘦瘦的你是否是在进行一场颇为盛大的伪装，以为增大表面积，就可以强大起来吗？亲爱的你，让我看得眼睛发涩。我多想说不要，真的不要，因为在彼此面前，我们要真诚的不带一点瑕疵。

然后你拉着我的手，那是怎样的温度呢？冰冷冰冷的。让我心悸。亲爱的缘，我该怎么做才能让你有种温暖的感觉呢？可是无论如何，我会像你拉着我那样拉着你。

你说，其实你想笑的。可是到达之后才发现自己笑得像哭泣的泪。

你说，你一路上摆弄自己的嘴角，然后泪水嘲笑地滑过。

你说，陪你笑过的人你不一定记得，但是陪你哭过的人你一定会刻骨铭心。

然后你那么坚定地说："我想我们这样会记住彼此一辈子的。"

那时我心脏的位置开始发出吱吱的响声。它们溺在盛大的感动里，然后拔节，然后开花。这是你给的盛大感动。无法自拔。

我说，可是我没有流泪……

你说，你的泪流淌在我心里。

怎么办？我要开始演琼瑶剧了。可是我哭了，谁来安慰你？那么坚强却脆薄的你。

然后我们去了快乐冰岛，点了两杯香芋味的奶茶。其实我好想说香芋在我的字典里是相遇的意思。今天我们两颗孤单的心终于相遇，然后就不用再孤单流浪了。

后来我数自己到底说了多少个不哭给你当安慰语。发现自己某些时候真的很白痴。

你会和我一起记住的黄昏，突然有点微醺的温暖。就像我们落下的泪晕湿在某块青春的画布上，幻化成一种温婉的形状。或许我们都希望那是摩天轮的形状。

一年后的现在，我看着你在一封信里写给我的信仰。上面写着：一切都是最好的安排。即使是隔着祖国版图一半的海岸线，即使是我在云贵高原上，看不见东南丘陵的你。我们依旧要这么乐观地相信这一切都是最好的安排。我们把远远的距离，勾勒成紧紧的精致的友谊。即使我们要各自过没有彼此的生日。无法感觉到彼此的生日氛围，然后在生日里留下浩荡的遗憾。我们依旧要很快乐地相信这一切都是最好的安排。因为我们把彼此的生日镂空成完整的幻象，摆在最适合膜拜的地方。

习惯了每天晚上收到你的晚安，就像每天都要喝水。

习惯了每一次的伤心交给你稀释，就像写字的时候会听阿桑的歌。

习惯了每周的一三五去收发室问信，就像爱头紫色饰品那样。

我想我们应该很勇敢地把这些伤心，根据化学反应的原理，把它们融化在温度更高的温暖里。

你若成风

陌霏

喧闹的食堂中，我独自端着餐盘。突然，在嘈杂的人群中，看见了你们的身影。当时我想都没想便拉了拉你们的连衣帽，像原来一样，不喜欢叫你们的名字，只是喜欢拉着你们的帽子。

你们看见了我，有些讶异，便问我小五呢？我说我是一个人，你们就更加惊讶了。也许你们认为，总会有一个人陪在我的身边吧，可是，我已经独来独往很久了呢。

饭桌上，盘子里的饭菜依旧热腾腾地冒着白气，周围人声鼎沸。然而，我们之间静得可怕。

我只是低着头，一个劲地向碗里夹菜。对面的你们，有说有笑地谈论着刚才未完的话题。我不想说话，只感觉自己被装在一个巨大的玻璃瓶中，周围被抽成了真空，我听不见你们在说什么，仿佛被隔绝了一般。也许你们发现了我的沉默，也许是不想气氛太冷，你们开始语无伦次地问我一些问题：考试的分数、最近的情况。之后又是一阵可怕的沉默。

我知道你们努力地想找到我们共同的话题，然而此刻言语就像浅洼里的水，在烈日的暴晒下，被蒸发得一滴不剩，只留下一个刺眼的坑。尽管不想，可是却不得不承认，我们之间已经再无共同的话题，曾经那三个无话不谈的人已经留在了过去。现实就像一个被人丢弃的骨头，赤裸裸地躺在了阳光下。

片刻之后，你们已经吃完了，但我的碗里还有大量的米饭。和原来一样，我总是比你们吃得慢。我努力地想再寻找一个共同的话题，就像大半个身子已经落入悬崖的人，依旧用力地抓住悬崖边上的一株草，做垂死的挣扎。然而，几秒之后，我放手了，任身体向下坠落，投入地心引力的怀抱，摔得粉身碎骨。

"我们先走了，还要去买东西呢。"你们起身，淡淡地对我说。

"嗯。"我回答，同样也是淡淡的。

你们消失在嘈杂的人群中，我没有去看你们的背影。

关节因为用力而被抓紧得发白，手掌被刺进了深深的月牙。我用尽全身力气，只是为了不让眼泪流下来。我后悔了，后悔我不应该拉住你们的帽子，像原来一样地叫住你们。因为你们已不再像原来一样，吃完后等着我，催促我快点，但不管多久，你们都会等我。我想大概是你们也受不了这冷漠的气氛而逃走了吧。

回学校的路上，广播里正放着那首《我们都是好孩子》，流淌在空气中的歌声，如一颗无意滑落的石子，叩开了记忆的大门，挖掘出了三个字：忆汐淇。

回忆像潮汐般澎湃，像冰淇淋一样甜美。这是我曾经对忆汐淇赋予的含义，那分别用我们的名字组成的三个字。当时我以为我们将永远没有回忆，因为我们曾经郑重约定永远不离不弃。

也许命运早就为我们写好了结局。

空气在力的作用下，一点一点凝聚成了风。

回想起我们那些备战中考的日子，互相鼓励，互相帮助，顶不住巨大压力时互相为对方擦去眼泪。直到今天，我才恍然大悟，那些日子正在慢慢地凝聚，在高一分班的那天，正式命名为：回忆。

回忆真的很甜，甜到忧伤。

你们曾经对我说过，尽管舍不得，可是时间回不去了，没有你们，我要好好的。我也曾经答应过，没有你们，我会好好的。

对不起，我没有遵守约定，我让自己受伤了。

其实在吃饭的时候，我很想告诉你们自己的不满和委屈，可是我终究还是选择了沉默。就在你们从我身边走过，带过一阵风的时候，我才发现自己多么可笑。

忆汐淇就像空气中的花香，被大风吹散得片影不留，无影无踪……

我会遵守约定，不让自己再受伤。

从此，我会从你们身旁静静地走过。因为……

我们都是彼此的路人甲。

我们走散的时光

坚散忆

我们的相识或许是个错误

记得那天放学，班上的人都走光了，可我却还有一大堆东西没有收拾，我总是那么慢。其实，只有我自己知道，我慢的原因只不过是不想在那些有说有笑的女孩儿身边显得那么孤单寂寞罢了。就在我快把书包收拾好了的时候，你和夕的战争终于爆发了，为了一些谁也不知道的事。你们总是吵架，这是众所周知的事情。

我背好了书包，准备走出教室。路过你座位的时候，我看见你把头深深地埋进手臂里，小声地抽泣。"你没事吧？该回家了。"我忍不住问你。你知道吗？那个时候我好想就这样一直保护你，做你坚强的后盾。你缓缓抬头，勉强地说："我没事，谢谢你。"就在我转身准备走的时候，你叫住了我。你亲切地叫我小苒，问我们可不可以一起回家。我笑着点头。瑶，你知道吗？除了你，再没有人这样亲切地叫过我的名字。

那以后的每一天，我们都一起回家。我们似乎成了对方唯一的朋友。请注意，是似乎。

我们是不是各自有许多秘密

你学习成绩不好。你曾一度下定决心，要重新来过，为了中考。你开始上课不再睡觉，开始认真地听讲，做笔记，开始认真地完成老师布置的作业，开始变乖。可是坚持了没多久，你又放弃了。你说你根本就不是读书的料。于是你开始堕落，上课不是睡觉就是看小说，一下课就没了影。

我知道你认识了一些坏孩子，他们同样都是学习不好的学生。一天晚自习，老师安排大家到实验室里去做实验。走到半路的时候，你说："小苒，帮我和老师请个假，就说我肚子疼，回家去了。"我想问你要去哪儿的时候，你却消失在夜色中，留我一人在原地，数着寂寞。

瑶，你不知道，我多么想拥有和你共同的秘密，想听你说你爱的那个男孩究竟有着怎样的面容，怎样的性格，想听你说你到底有着怎样悲伤的心事。可是，你却始终对我保密，似乎从不把我当成你最真诚的朋友。你不知道，除了你之外，再没有人可以分享我的秘密。

我们走散在追逐幸福的路上

瑶，和你在一起的每一分每一秒，我都感觉是那样的静默。回家的路上，做课间操的时候，甚至是手牵着手的时候，虽然你就在我的身边，我却感觉我们是那样的遥远。

"今天天气变冷了呢。"

"嗯。"

"要多穿衣服啊。"

"嗯。"

"呃……那个……明天运动会要加油啊。"

"好。"

我小心谨慎地避开与学习、成绩有关的话题，生怕触碰了你疼痛的伤口。

可是无论我说什么，你的回答却都只是简单的一个字，无论我说什么，都无法引起你的兴趣。似乎我们之间根本没有共同的话题。

你是知道的。我喜欢那个高我们两届的学长很久很久了。我每天都拉着你陪我等他收拾好书包从楼上下来，然后跟在他后面，欣赏他阳光般的背影。

记得那一个炎热的下午,一个同学开玩笑地问我说:"小苒,你有没有和他说过话啊?"我红着脸不好意思地说:"怎么可能啊?人家又不认识我。"本以为你会同样笑着要我加油,不要放弃。可是你说:"认识了又怎么样?"我怔了,是啊,追不上就撞上。何必强求?

我小心翼翼地守护你心中的伤口,可你,却毫不留情地,抹杀我仅有的一点点的自信,像一把刀,毫不留情地,直刺我的胸膛。

12月3日,是我的生日。我本以为你会知道,于是保持着心中的那一份矜持,没和你说。当朋友们的礼物纷纷向我而来时,你好像明白了什么,之后只是问了一句"今天是你生日啊?"简简单单之后再无任何言语,更没有祝福。

你不知道,即使没有礼物,哪怕你对我说一句"生日快乐",我也会很满足,可是你没有。即使我有再多的礼物,没有你的祝福,我一样不快乐。

你说过,要陪我一起飞,却忘了告诉我,该往哪一个方向,我一直都好想知道啊,我们走散的时光,你会不会像我一样心慌。

你是朝阳向日葵

天蓝如墨

一

7月，雨下不下来。

天空里带着悲伤的色彩，灰得一如我的心情，我一直盼着暴雨，那种猛烈的宣泄。可是夜，像丝线一样一点一点地缠呀，绕呀，裹了灰白的尽头，雨还是没有下下来。

这种沉闷的天气，人感觉像一条鱼被抛上岸，是的，可悲的我又惆怅了。有人曰，每个人都是被上帝啃过的苹果，每个人都有缺陷，若你的缺陷比旁人的大，则是上帝偏爱你这颗苹果。

郁闷的是，我好像被"偏爱"得只剩苹果核了，成绩——差，身材——差，还外加被青春践踏过的脸。

带着满身的苦闷退级到了新班，咦？好像有人在笑？没事儿，我习惯了。安慰着自己，找了个空位坐了下来，嗯，当然是没同桌选的啦。

下课的时候，我打量着这些陌生的面孔，前座的女生转过身，对着我友好地微笑。是要和我交朋友吗？我愣了片刻，是一个天使一样的女生呢，这么漂亮的人，会愿意和我交朋友？我傻乎乎地也笑了笑，低下头埋进双臂——睡觉！

二

在学校里，我一直很安静。好吧，其实是因为没人和我说话。

翻开数学书，扉页写着我的居属地：侏罗纪公园。人嘛，贵在有自知之明，瞧昨天那天使女孩，不是对我好奇过后，就爱理不理了嘛。

还是老话："没事儿，我习惯了。"

可是遇见老同学的时候，还是突然变得伤感起来，小雪说："你永远是我们班的，别说什么你们班你们班什么的。"

果然还是衣不如新，人不如故啊。

回家老妈问我感觉怎样，我嬉皮笑脸地挠着头发说："我么，在哪还不是一样。"是啊，我么，在哪也还是我，总不会变成另外一个人，呵呵，不是么？

就算是独来独往，就算是努力学习，我还是一如既往地讨厌体育课，不过感谢上帝的是，雨终于落下来了（感激不尽）。

一场暴雨以毁灭性的姿势压倒了我悲壮的心情，屠杀了我讨厌的体育课。其实我不讨厌运动，只是讨厌那种集体运动。一群人一窝蜂地在操场上跑，根本没有停下喘息的时间。

三

因为沉默，生活开始变得很简单，两点一线。

我从来没有意识到，孤独可以让人产生排斥，就好像我从来没有意识到，我其实很孤独。班主任威风凛凛地把我从教室里训出去上体育课，自由解散后，一个人站在操场上看着他们一起做自己的事情的时候，开始手足无措，站在原地我不知道该往哪里走。

跟着女生们走吧，体育场里，我站在她们身后，想要走过去，却发现她们又走开了。为什么这样对我？我的身上弥漫着刺鼻的福尔马林吗？

想找个人先聊聊，也许是不太了解我，还是算了吧：没事儿，我习惯了。

从她们的谈话中，我隐隐约约知道，是因为我不太说话，很无聊。其实我想说话，可是要有人陪我说呀，总不能自言自语。

好吧，没关系，我习惯了一个人了，要是有了朋友在身边，我还不习惯呢。

就要排座位了，我会没有同桌吗？第二天座次表贴出来，击碎了我这个缥缈的梦想，不知怎么的，心里却还是有些庆幸，是老师排的，这可不关我的事情，不愿意自己去找老师。

那个天使女生，还是坐在我的前座。

四

向日葵微笑的方向，有清新的阳光。

下课不睡觉的时候，我会掏出笔记本写一点小小的故事，大多数还是贴近我的生活。我搁下笔准备睡觉的时候，发现有人抽走了我手肘下压着的笔记本。

是那个天使女生，她对我微笑着说："借我看一下。"我毫不犹豫就让她看了，她的笑容像是纯净水，让人没有办法拒绝她。

窗外的阳光懒洋洋地洒在懒洋洋的我身上，我接过本子，问她："你也喜欢写文么？"她就递给我看她写的文字。

和她的人一样呢，如清新的朝阳，带着甘润的雨露，在湿润的空气里挥洒至角落。

连续几天，我们都以讨论文字的话题交流着，对于她，我有了新的认识。不是那种难以接近的高傲的漂亮女生，反而很平易近人。

在这个新的班级，这个有着我逃不掉的体育课的新班级。我想，我需要一个朋友，需要一个好朋友。

鼓起勇气，我写了一封信，那是我生平写的第三封信，和前两封的去处差不多。

五

好朋友，原来是这样的感觉。

我把信递给她，就不再说话了，我可以说话的只有她，此刻她正在给我写回信。

良久，她从桌下把信递给我，我连撕带扯地弄开了信封，打开那张彩色的纸。她回头对我微笑，我在她耳边轻轻地说："这是我写的第三封信哦，你是我第三个好朋友哦。"

她笑了笑，下课钟敲响，我收拾了东西准备扫地。却发现她还没有走，她走过来告诉我，今天有事情不能等我。

等？好朋友，就是要一起回家，一起玩，一起疯么？那么，我是有了好朋友了吗，我以后可以和她一起回家，一起玩，一起疯？还是那个我想都不敢想的天使女孩？

第二天的体育课，我不再是一个人在操场上手足无措地等着下课，挽着她的手，跟在她身后和女生们站在一起，成堆成堆地聚在一起聊天。

后来的生活也依旧如此，一直拥有着一个好朋友，她是向日葵一般的天使女孩。

朝着有阳光的地方微笑，我们会一直幸福。

喀斯特说好不流泪

柳袭玲

黑米、白米、绿豆，我们是坚不可摧的铁三角

就算有一天我们不在一起了，也要像在一起一样。

小四说过的一句话，我写在了贺卡里送给了黑米，白米。我们指的是3个人：白米，黑米，我是绿豆。

我和黑米从穿开裆裤就是死党，直到现在依然是。不过我们的这种"百年根基"竟然是隐性基因，在学校里几乎从未说话，平时周末，我只要没事就一个劲儿往她家窜，她的家人硬是把我当亲人看。更不靠谱的是我老妈，只要和我吵架了就找黑米诉苦。然后我就要担心是不是又受到某某同志的人身攻击了。最令我咬牙切齿的是我那得理不饶人的老妈，自从发现我怕黑米的独门绝技——铁砂掌后对我宣布，从今以后我的事都得给黑米管。

我和黑米就一个天生不离不弃的铁哥们儿命。被欺负的时候，哥们儿第一个冲上去给那人一巴掌再说。咱俩谁跟谁啊，关系不是一般的好。学习成绩当然也顶呱呱啦，不然，我白被黑米一个巴掌一个巴掌地拍脑袋啦！

白米虽然是后来加入我们的。那年夏天是我人生里的第一个磨难。父母闹离婚，朋友欺凌。我的脑子变得乱糟糟，什么都分不清了似的。说实话，那时候我真的每天都在担心害怕伤心中度过，人变得安静很多。其实每天都偷偷躲在被子里哭，可是就是不愿意让别人知道。黑米被某个同学限制了自由，根本就没办法和我在一起。每天的每天我都是一个人踏着单调的步伐一步一步数着回家。眼泪失去效率，天空是灰色的釉彩。然后就遇见了安静乖巧的白米。我总是在抬头的瞬间看到白米知道我被欺负后疼惜皱眉的表情。

我原本石头般坚硬的心开始纠结不清，乱成一团毛线。准确地说，我在犹豫要不要再相信谁。

后来我开始变得勇敢，开始紧紧握住白米的手。父母都不在时，我就跑去白米家，我们挤在一张小床上讲着心事。白米总会把被子踢到地上，我一边冷得哆嗦，一边眼睁睁看着她剥削了我的被子还霸占了大半张床。但是你千万不能推白米，如果把睡梦中的她弄醒，后果就严重了，她还不两脚把你踢下床，那我就真得阿弥陀佛菩萨保佑我落到地面一瞬间不要太痛苦。

后来白米和黑米成了同桌，自然就成了好朋友。再后来黑米、白米、绿豆发展成为坚不可摧的铁三角。开始张扬地笑，笑得那么没心没肺。

我们的世界被分数割成无数碎片，并凌乱地隔开

我们都是爱做白日梦的孩子。说好以后一起去西藏旅游，以后考同一所重点学校，以后住同一间宿舍，以后一起逛街淘宝，以后开一个最漂亮的书店……那么多的以后，没人告诉我们那所谓的以后它究竟有多远，是不是和永远一样是个没有期限的虚无的诺言。

莫名其妙的，我们的成绩都下滑得厉害。特别是我，简直像飞流直下三千尺。

其实我们都很难过的，都下了决心好好学习。我喝咖啡像喝水一样咕噜咕噜地吞掉，基本上没把自己当人看，要当也是当超人。

分数就有那么大的魔力，我们的世界被分数割成无数碎片，并凌乱地隔开。

白米被请进办公室喝茶："为什么你现在不和以前玩得很好的朋友玩了呢？"那个玩得很好的朋友是指优，一个成绩优秀的孩子。老师言外之意我懂，毕竟近朱者赤，近墨者黑。傻乎乎的白米却没听懂。

我亲爱的白米黑米，如果有一天我们真的分离了怎么办？那些我们说好不离不弃的诺言都要变成谎言了么？那么久，那么久。我还是舍不得放开这场美好的青春童话。

面临中考，我很想与你们分开，从此我的世界与你们无关。绿豆不是不要你们了，而是为我们的以后着想。这样形同陌路，可以吗？

晚自习，白米传纸条给我："有时候我真的会很心疼你，尤其是你一个人在家时，不知道怎么照顾自己，常忘记了吃饭……"那一刻眼泪掉下来，在灯光下闪闪发光。我就想这眼泪要是能卖钱，那我就赚了，因为它比珍珠还要亮。

那天我想开个玩笑吓唬下黑米，我说黑米，哪天我死了你怎么办？她一脸决绝说："你敢，你要是死了，我也随你去了！"这丫头说话怎么这么……但心里那个感动啊。

白米，黑米。我们说过遇到什么困难都一起面对。因为我们在"喀斯特"地貌上生活，喀斯特，不流泪。可是这场我们说好不散的青春童话，为什么到后来开始滋生出距离？

承诺常常很像蝴蝶，美丽地飞然后不见

那天，我不小心弄痛了白米，她突然就很大声地说："你这人怎么这样，那么痛，你不顾及一下别人的感受么？"我那一瞬间竟然什么话也说不出，白米真的生气了。真的对不起，白米我真的不是故意的，我也不希望自己弄痛了你。对不起。我尴尬地拉着转身的白米的手，慌张地说对不起，对不起。我不是故意的。可是白米的步伐却再也没停下。那一刻，我真的心里很难过，很难受，真的对不起白米。

小优说白米，你回到我身边好吗。白米沉默。

考试后白米写了一篇文章。她说："我很开心挽回了我和她的友谊，笑脸展开！"她是指小优。我明白。

考完的那天，我和黑米提议出去玩。白米吞吞吐吐地说她有事去不了……晚上我和黑米去书店偏偏看到白米和小优也在。很尴尬。走的时候，小优笑着说："再见！"很温和，小优一向是这样让人感到温暖的孩子。

白米还是回到了小优的身边，铁三角就这么散了，那么轻易地就散了。

我开始后悔为什么当初不叫它为金刚三角而叫了铁三角。伪劣的冒牌铁，再也不用你了。再也不用了。

真的就散了，天空无比苍白。雪化得没了形状，我开始冷了。有些东西是过去了就再也回不来了的吧。

喀斯特说好不流泪。而此刻我却泪流满面。

第五部分

透明的秘密

你是谁呢?

我应该把你摆在我心里的什么位置呢?

嗯……让我好好想想……

你应该没有超市里的小熊饼干重要;

没有衣柜里漂亮的棉布裙重要;

也没有书包里的数学笔记本重要……

可是,当我看见你微笑的时候,

我宁愿不吃小熊饼干,不穿棉布裙子,不记数学笔记,

也要把你的样子深深地印在脑海里……

——苜浅眠《透明的秘密》

透明的秘密

苗浅眠

陌生人

升旗仪式结束后，操场上总会出现小小的混乱。你一不小心，就踩到了我崭新的白色帆布鞋上。我想我是应该生气的。可是当我看见你微微窘迫地站在我面前说"对不起"的样子时，我却低下头悄悄地笑了，心想这一脚踩得可真好。

那天是星期一，我在清晨的微光下遇见你。

遇见了陌生的你。

次　　数

我们每天都会遇见许许多多的人，但我开始只在乎与你的每一次。

早操的时候一次：你站在最后一排的位置。

中午在食堂里一次：我端着餐盘和你擦肩而过。

晚上在车棚里一次：我总是把车子停在你左边的第四个位置。

如果运气好的话，还可以在小卖部看见你仰头喝可乐的样子。

一共三次。

或者四次。

我 们

大概是因为我想吃铜锣烧了，

大概是因为我在想铜锣烧的时候遇见了你，

所以那天晚上，我梦见你将满满一盒铜锣烧塞在我手里。

印在盒盖上的哆啦A梦笑得很开心，就像我当时傻乎乎的表情。

我想我终于可以在日记本上写下"我们"的故事，而不再是单独的"你"和单独的"我"。

你的故事里开始有我的参与，我的故事里开始有你的呼吸。

即使只是梦境，关键词依旧会是：我们和铜锣烧有关的故事。

雨

其实上帝他老人家很慷慨地给了我许多次机遇，

可是都怪我没有足够的勇气好好珍惜。

就像现在这样：我站在你身后看你注视着外面飘泼的大雨，犹豫着该不该走上前，将雨伞举过你的头顶。

我微微用力攥紧了伞柄，深呼吸。再深呼吸。反反复复。

直到你钻进同伴的雨伞，留给我你渐渐模糊的身影。

我懊恼地拍了一下自己的脑门，

哦，这该死的犹豫。

你

你是谁呢？

我应该把你摆在我心里的什么位置呢？

嗯……让我好好想想……

你应该没有超市里的小熊饼干重要；

没有衣柜里漂亮的棉布裙重要；

也没有书包里的数学笔记本重要……

可是，当我看见你微笑的时候，

我宁愿不吃小熊饼干，不穿棉布裙子，不记数学笔记，也要把你的样子

深深地印在脑海里……

呐，你其实就在我心上，你是我17岁最透明的秘密。

光棍节快乐

张宁瑶

一

颖弦是11月11号在操场上告诉我她和23号在一起的。

黑色的风突然间就从地上刮起来，拉扯着我的衣服向后，刚洗的头发飞扬起来，像个疯子一样很是狼狈。昏黄的灯光笼罩下颖弦甜蜜羞涩地笑。操场上只有我们两个一边走一边发抖。因为H1N1的蔓延，高一停课了，高二的晚修变成了自由学习，只有高三那栋楼的灯光依然亮着。里面坐着安静备考的高三学生。可以想象，在最高的五楼从西边数的第二间教室里一定坐着一个高高的，黑黑的，喜欢穿23号球服打球的男生，他，就是23号。

今天，11月11号，光棍节。第二节晚修的时候我去找颖弦。因为有些事她可以告诉我答案。

"有些八卦的问题，不知道能不能问。"太冷了，早点问，收工回宿舍躺着。

"知道你八卦就不怪你啦！"她的笑荡漾脸上。

"你和23号怎么样了，最近总看见你们一起出入。"

"啊！"颖弦娇羞地一笑，低下头。

"我祝他光棍节快乐，然后从一个人过光棍节到做他一天的女朋友就不用过光棍节到以后都不用过光棍节。"

我瑟瑟地发抖，没有应话。

"懂我意思吗！"

懂，也就是说你现在是他女朋友了嘛！我发誓，这事要发生在别人身上我一定觉得特浪漫，然后特兴奋地祝福人家。可是我只是哀叹地说："你就幸福了，光棍节不用过了，可怜孤零零的一个我呀！"

逛了两圈，我就借口说："太冷了，回去吧！"

打发了颖弦，我直接去找了吖竹。站在五班的教室门口，我突然就想起半个月前也是在这个地方，我趴在扶手上很没出息地告诉吖竹"颖弦来问我要23号的号码，而且我觉得他们很般配，可是我心里却莫名地失落"。讲话的逻辑都有了问题。吖竹用铅笔在墙上乱画，很温和地揭示真相般：张宁瑶，你就承认了吧，你喜欢23号。

吖竹走出来问我干吗。

我说："我不想写作业了，我们走吧！"

吖竹没问什么。十分钟后，我们就出了校门。我们就这样落寞的一前一后地走在街上。

二

两个月前，我在中午放学的时候径直地走到刚从篮球场上下来的23号面前：同学，你可以把你的手机号码给我吗？

这还不算什么，后来，我不知怎么了竟没有存号码。我一下又跑到他的教室找他再问了一次。勇敢吧我！然后短信频繁不断。每天我都收集笑话讲给他听，乐此不疲。颖弦是一开始就知道我有他号码。我扬扬手中的手机问她：你要吗？颖弦不屑一顾。

不知道为什么，身边越来越多人知道23号这个人。甚至有个女生到贴吧上发了张帖子：23号，你知道我的感受吗？

局面一片混乱。我是不上贴吧的。贴吧上所有的动态都是颖弦告诉我的。她去顶那个帖子，也有很多无聊的人回帖。终于，某天早上颖弦跑来告诉我：昨晚23号上贴吧了，然后，他们聊了什么。第二天颖弦又来告诉我他们昨晚又聊了什么。再过一天，也就是颖弦生日的前一天。颖弦在走廊上拦住我：你把23号号码给我好吗？

我就知道，会有这么一天。

中午我给23号打电话，说颖弦就是贴吧上那个和他聊天的女生。23号很乐意把号码给她。我说："用我介绍一下她吗？"

23号说："不用了，她自己介绍不是更有趣吗！"

看来你们在贴吧上聊得很好。

颖弦生日那天说好要我陪她去给23号送蛋糕。可是下了晚修，颖弦都没来找我。我在四楼看着三楼的她，脑袋里千丝万缕的问题——她有没有去找23号，是不是找过了，情况怎么样，聊了些什么——都被我一个意念——不要问——给扼杀了。

再后来的事情更加狗血紧凑得不给我见缝插针的机会。

学校举行了篮球赛，23号当裁判。颖弦每天拉着我去看球赛。我站在球场上漫不经心，目光四处张望却一直不看场上。每次比赛没结束，我就丢下颖弦，一个人走了。球赛的最后一天颖弦和23号到学校外面吃饭。再后来高三下晚修后，颖弦和23号到学校外面买东西。再后来，他们中午一起去食堂吃饭。

颖弦的ID叫小海，是学校贴吧的管理员。很多人都知道她。两个风云人物在一起，一下子，很多流言蜚语都沸腾起来。

颖弦问我要号码的时候我就觉得我该退出了。

颖弦的东西，我不想抢。其实，我也抢不过来。颖弦身世好，相貌好，温柔，是很多男孩子喜欢的类型。我越想越沮丧，心就像被枷锁锁住了一般。现在，我想深深地感叹一句：纠结啊！

最后，事情发展成为已经不是抢不抢的问题，而是我完全成了一个局外人，电灯泡。

三

我和吖竹漫无目的地在街上逛。学校并不处在市中心，所以街上也不热闹。过马路的时候，吖竹牵着我的手。我突然特矫情地感伤：我觉得自己脆弱得不堪一击。只不过一点点不开心嘛，对你而言干吗就发酵成了无尽的灾难呢？我发誓，那一刻我真这么想的。

我特别幼稚地拉着吖竹要去买玫瑰花，吖竹说："光棍节你自己买玫瑰花给自己有什么意义。"最后，玫瑰花以吖竹花钱买来送我的名义到了我手上。我没哭，我还讲了一个巨冷的笑话。吖竹问卖花的姐姐玫瑰多少钱，姐姐说三元一枝。我说：今天是光棍节耶，不是应该便宜一点的吗？吖竹冲着我翻了白眼。

然后，我们依旧漫无目的地走，逛了两家超市。我突然很想喝酒，所以我对喝酒很厉害的吖竹说：你要不要我买酒送你，然后我也顺便喝几口？吖竹一下就瞪大了眼睛，抓着我的领子：乖，好孩子不喝酒！

我的确是滴酒不沾的。

十点的时候，我们觉得似乎也没什么地方好逛的了。我们就回去了。在最后一家超市里，我还是买了一听啤酒。

下雨了，我们就这样特别从容地走回去，特别矫情。那听啤酒，吖竹喝了一半，剩下的一半我带回了宿舍。

我猜想，喝了酒一定会头痛欲裂，所以我要先把书包里三四科作业写完。我一边写作业还一边策划：喝完了我就钻到被子里睡觉，什么也不要想了，越想越纠结。所以喝酒前要铺好床铺。明天早上起来一定会头昏脑涨，那就睡晚点，快上课的时候才起床。那衣服呢？对，喝酒前一定要把衣服洗了。

我一点也没有激动兴奋。我按着计划一步步地完成。床铺好之后我自嘲地笑笑，喝酒嘛，也搞得那么费劲。接着伸手去拿啤酒。只一瞬间的犹豫：真的要喝吗？然后肯定地鼓励自己：嗯！没事的！然后一仰头，啤酒入口了。

也许是小说看多了，小说里总写主人公伤心了，喝口酒，然后一边流泪一边骂：他妈的，这酒怎么这么烈。我怕自己慢慢地喝会受不了那股辣味，怕自己会退缩，怕这半听酒真的会像吖竹说的你喝不完的，所以喝之前就下定了决心，大口大口地吞。一口之后并没有想象中辛辣的感觉。它只是刺激了一下味蕾，然后就像吞白开水一样。有一股臭臭的味道我不喜欢，尽管这样，我还是一口气喝光了。

喝光之后我的第一感觉是——太像老牛饮水了。而且，喝得很文静，从头到尾都没有洒出一滴。不管了，总之，我喝了人生中第一个半听啤酒。

然后我打电话给吖竹特别英勇：我喝完了！然后挂电话。

我一转身对舍友说：不要偷听我讲梦话。然后钻进被窝里等着我认为的很快就会来的酒劲——像睡觉一样闭着眼睛神圣地等待。

可结果是，我一直很清醒。然后，吖竹的短信就来了：你居然那么怕！哈哈！

我睁着眼睛躺在被窝里，想起颖弦，想起23号，然后爬起来给吖竹回短信：……为什么一点都不惨烈呢！这时候不是该悲悲壮壮，凄凄惨惨的吗！好像没什么效果，是不是喝少了！

就这能有什么效果。你顶多就是脸红发热一下。

我一下钻进被窝里。吖竹轻描淡写的短信让我有一股挫败感。就这样！这是我第一次喝酒耶！怎么跟喝了汽水一样？喝了汽水还能让你打几个嗝，胃里翻腾的全是汽水刺激的味道。这倒好，没醉，连嗝都没有。

最后我很郁闷很清醒地坐了很久，然后像往日一样睡去。

光棍节快乐。

123

一个人的好天气

夏小正

漏 光

你可清楚？你的眼睛会漏光。

经过我的深思熟虑，还是觉着有必要把这场隐秘的花事以一种匿名的方式公之于众。似乎是一种错觉，我犯了一场不大不小的罪，但因为保密工作做得好，警察叔叔是不会来抓我的，甚至连身为"受害人"的你也并不知情。所谓的信息不对称大抵如此吧！鄙人作为一个品德优良的个体，于情于理都应该坦白从宽，所以，谨拜表以闻。

我的"作案"动机始于一节英语课，那是一个星期六的早晨，极其的不寻常。迟到的人特别多，每过大约1分钟，便有一个同学匆匆赶来。

"报到！"

"进来。"

如此反复，老师终于不胜其烦。飙声道："迟到不要喊报到，直接给我进来，那么理直气壮干吗？难不成还要我请？"彼时人差不多到齐了，老师吼完后好像有点放心的继续讲课，可刚讲不到半分钟，"报到"声中气十足，是你站在了教室门口，手疲软地抬了一下，微微低着头，似乎有点惭愧。

这下全班哄笑，老师也一脸挫败，恨恨地盯着你。你就这么成了全班的焦点，却丈二和尚摸不着头脑，你大概在想，不就迟到么？至于这么夸张？

你的表情精彩极了。不解、迷惑的神情一闪而过，你也开始不明就里地跟着大家一起笑。你是典型的包子脸，皮肤很白，是奶白色，以我的破比喻也只能形容为像婴儿一样通透。如果平常看你，也只不过会觉着你是个皮肤不错，但五官也谈不上多出彩的男孩子，再平常不过了。我也很想把你形容的和人家中意的对象那样惊为天人，但事实证明我是个好孩子，永远忠于事实。可我发现你当时笑起来的样子还真把所有人蒙到不行，眼睛弯弯的，水漾水漾，还真像里面藏着星星。莫不是眼眶太小？里面的光芒仿佛要满溢出来，再配上憨憨的神情，脑袋别扭得转来转去。就在那一刻，坐在讲台下的我，心里开出了一朵花。

潜　伏

那的确是个极不寻常的早晨，因为我发现你的眼睛会漏光，我心动了。然后觉察自己开始暗恋的人大抵都会被莎士比亚附体。

告白还是继续暗恋？这是个问题。可对于胆大包天没心没肺的我来说简直是最小儿科的选择题了。当然是……后者。因为我喜欢自己在暗你在明，我能够密切关注你的一举一动，而你却对我的行径毫无所觉，我喜欢这种状态，把它当作实惠，把它当刺激，我是真心实意在享受这场人生中没有几次的花事，而实在没必要和你牵手。

总而言之我需要潜伏。

我是余则成，我的任务就是你，我的福利仍是你，窃取你人生所有可以说的以及不能说的秘密。放心，我不会干扰你，纯粹是为了娱乐我自己，开心就好。仅此而已。

再次经过我的深思熟虑，决定了下一步动作，所谓最危险的地方就是最安全的地方，所以我决定和你当哥们。

通过对你的必要了解，知道你是典型的表里不一。长着一张风情万种（什么破比喻）的娃娃脸，却有着轻微的大男子主义情结。嘿！不过我喜欢。经过实践证明，你实在是很没有戒心的人。我怀着不纯的动机很快就和你打得火热（什么破形容）。就差没勾肩搭背了，要多哥们有多哥们（那是为了迎合你，其实我心里把你当姐们）。作为好兄弟，你主动透露给我一个我没有侦察到的秘密，你说这事的表情同样精彩绝伦。似乎豁出去了，君子坦荡荡嘛，小人才长戚戚。可又娇羞不已。对，就是娇羞，腼腆，又一次很不好意思的模样。两种截然不同的表情一混合，就发生了使你看起来格外可爱的化学反应。不过我这次可没心情欣赏你的可爱模样了，我的心已经碎了一地了，你说"我喜欢你的同桌"。

你的那位她

哼！我十分以及非常的不甘心，虽然的确没指望你对我能有那个意思，可你不能是唐僧么？人家连女儿国国王都可以不动心。就算你也有那份青春的骚动，可你应该喜欢个水准在我之上的女孩啊！就这样直接越过我，我真的不甘心。

同为女性，虽然你没把我当过。但这毕竟是既定事实，我就暗地里来和你的那个她pk一下吧！作为学生，有外貌个性成绩三个考核指标，除此之外，再无其他。

外貌。她，一个看上去怯怯的女孩。矮小而瘦弱，五官在我恶毒的眼光看来什么都长得皱皱的，小小的，却有一双大眼睛。用流行的话说就是摆在脸上一点都不和谐。鄙人长得也不怎样。但至少体型标准，五官端正大气。

然后比个性。她是十足的乖乖女。循规蹈矩，毫无情趣可言，就像一杯白开水，淡得没有味道。我？鄙人个性也不敢恭维，属于和她完全相反的两极，率性生猛，一个人都可以沸反盈天。半斤对八两，这局算平局吧。

最后是成绩。她的悟性的确不高，但也经常给我错觉。听不懂课，做不会题，她却并不着急烦忧。老僧坐定般会让我认为她已经学会了。可考试就像照妖镜，她的排名倒数就是她的原型。但明明用功到经常可以让坐在旁边的我汗颜。真让人唏嘘不已。我也只比她稍好，偏科很厉害，总体水平也不算高，可到底有所擅长。

2比1。你为什么都不会比较出谁优谁劣？

可后来有所顿悟，我偏激了。那时就算你喜欢的是仙女，我也会嫌弃别人太清高，过于不食人间烟火。你中意她简直是再自然不过的事了。你中意我才会是极不寻常。客观来讲，这是你眼光的体现，她的确不赖，我的确很赖。

她的眼睛大而有神，娇小秀气，挺符合你所认知的女孩吧。在这个提倡个性的时代，没有个性就是种最鲜明的个性啊，她没有个性代表着有一个好的性格，温柔和善，相当有亲和力。连我其实也喜欢和她同桌，成绩差也属于可忽略部分，毕竟女的成绩太彪悍也会让你有压力而敬而远之，女子无才便是德，古人诚不欺我（我太缺德了？笑）。

而在当时，心里虽然极度不平衡。但为了把这场危机转化为契机，潜伏更深，离你更近，我忍痛决定为你们牵红线。

不是我的你

你果然继续中计，开始每天给我个evening call。听我向你胡言乱语，出些馊主意。因为你的妈妈经常从打电话的你旁边经过，所以"第五题啊，选C嘛，这都不懂？就是……"

"蠢啊你，别老编第五题选c行不？都重复第4遍了，下次你好歹编个第六题选A好不？"

就这样，你为移动公司做了很多贡献，也很殷勤地照着我的情报为她鞍前马后，但她并没有因此喜欢你，你也没有追到她。我一边愤恨地想她什么眼神连你都看不上，一边想你什么眼神连她都看得上。

可逐渐的，看着你细致的询问我她怎么样怎么样，急切又不知所措，闹着让我帮你观察她是否有了开始喜欢你的迹象，并且又一次发挥了你编理由的烂功夫——发短信想和她联络感情："问一下，语文作业是什么？"并且每天都问，而且只会问语文作业，弄得她不胜其烦。

内心抑制不住的泛酸，把我一颗热切不安分的心泡得越来越疲软，直到有一天，我难受地发现我不喜欢你了。

暗恋听起来很苦涩，可我一直把它当作潜伏一样刺激享受。现在心动不再，这场潜伏也就宣告失败，你的一切都让我开始觉着稀松平常，可惜了！

恰好，这时也分班了。我们从此分道扬镳，不知是不是也算是默契，我们再遇见时都选择了连招呼都不打，撇撇脸就这样走了过去。

就这样走了过去。

一个人的好天气

时间是最好的药。是解药？抑或是毒药？

对我来说还是后者，我并不是恋旧的人。但却随着时间的推移越来越怀念相处的那段好时光。并不是怀念你，而是怀念你的那份感觉，我从始至终都只把这份感觉藏在内心的最深处，不是埋葬，而是珍存。

一年半过去了，核算一下，从喜欢你到不喜欢你大约只有半个月。来得快，去得快，汹涌澎湃。可从始至终我都没机会和谁提及，要不怎么算潜伏？只好写下来，聊以自慰。

或者不认识我的人知道也不错，我需要抒情。因为落落形容的好：暗恋这种事好比耳机里的音乐声，即使对自己而言是包裹整个身躯的震耳欲聋，旁人却仅仅只听得见一缕泄露的细小杂音。

但还我想把这一阵音乐声传递出来，分享快乐。

每个人心里都有个小世界，小世界里也有春夏秋冬，也有阴晴雨雪，我琢磨着喜欢你的那阵子心里就像在下雨，一颗躁动的心被泡得很柔软，一天到晚被渐沥沥的雨水扰得静不下心来。雨水渐渐汇成情感的潮，将我整个人席卷，漫了过去。

现在早已雨过天晴。尽管心里再没有住着什么人，一直只有一个我。但就像青山七惠的书名一样，是一个人的好天气。最后我需要在一个人的好天气里，把自己慢慢晾干。

谁是谁的谁

苏萱仪

第一次看到席慕蓉的《一棵开花的树》，我就傻笑。笑完了就觉得，我就好像那棵傻傻等待遇见的傻傻的树。

谁也不是谁的谁

我是个不勤奋不刻苦但还算认真善良的好女孩。于是我诚实地在日记里写下：谁也不是谁的谁，更无法肆意忘记。当时我的确是那么觉得的，尽管现在觉得这两句话凑在一起真的怪怪的。

写下这句话时，我认为这是我自己悟出来的很有哲理的一句话。所以当我在言左的课桌上发现"谁也不是谁的谁"这七个深深刻下的字时，我就很庸俗地有了那么一种叫情窦初开的感觉。在满满的一片字中，我的眼就被那句话深深吸引。然后我立马别过头去，我被自己的那颗小小的莫名其妙的狂跳的心吓到了。

我想这是我16年来第一次知道喜欢人。

在这之前，我还是过着不知所云而且波澜不惊的平淡的校园生活。偶尔会突然写一些自己也感觉不知所云的东西。

因为一句话喜欢一个人？你不信我也不信。或许只是一个契机让我有理由这么做。于是我每日可以理所当然地想一想关于他的事。比如说，我指着言左桌上的一句话问身边的小西："三分感情七纷骗，为什么用这个'纷'字？""比较美嘛！"小西不屑道。那个，我当然知道。好歹我也是小学获过作文竞赛一等奖的"文学爱好者"，我只是想找个机会多说说他而已。还有，"被窝是青春的坟墓"——这个我也知道，七堇年同学的书嘛。

Andsoon.

看着言左偶尔趴在桌上时留给我的孤单背影，以及他课桌上同样会给我不知所云感觉的文字，年少的爱恋之情就那么在心里翻腾着。还有他安静又略带伤感的神态，就真的让我心疼了。我承认我这样的感情来得有些傻，但这就是我16岁时突然体验到的一种叫喜欢的感情，不是吗？

你是不是喜欢他啊

我有一本日记本，我把我不知所云的话以及我年少的爱都写在了日记里，并且交给了老师。你是不是被吓着了？其实没事的，那个长得像汤婆婆的语文老太从不看学生交的日记内容。她规定每个星期我们必须要写三篇日记交上去。我说过我不勤奋，但作业还是要交的啊。于是我就交上我的日记，每次都写上三页纸就可以了。

我放心地交出了我的秘密花园，很多次也都没出问题。后来座位换啊换，我们组的语文组长的座位和言左的调到了一起。言左上课无聊，翻出了大家的日记来看。于是，我的秘密自然就不再是秘密了。

一天一个男生拍我的肩膀，我回头。

他问："你是不是喜欢言左啊？"

我脸红了，我的表现很明显吗？我使劲摇头："怎么会呢？我哪有啊？"心想完了完了，一定是整天盯着言左看被人看出来了。

那男生笑起来："可是你的日记里就是那么写的啊，言左第一个看见的，还有假啊？"

我明白老鼠为什么要打地洞了，是为了留给我钻啊。于是，我的脸就真的比那喜气洋洋的太阳还要红了。

后来小西也知道了，笑嘻嘻地对我说："嗳嗟，怕什么羞？班里班外明确说喜欢言左的女生又不少！"

我真的很后悔，为什么要偷懒交私人日记当作业呢？我那朦朦胧胧羞于见人的爱恋，就这样被大白于天下。我也终于明白了，为什么最近几天言左看见我就低头。而我根本就不是个勇敢又直白的女生，我只是好隐藏内心汹涌的不安，装作什么事也没发生。

高一对我这个头脑不算发达的家伙来说，还是有些辛苦的。为了保住我初中时还算凑合的成绩，我也很自觉地舍弃了一些用于玩以及发呆想言左的时间。

所以在我一边哼着"啊……啊，黑猫警长，啊……啊，黑猫警长"一边赶作业的日子里，那件有点小尴尬的事情也就被我理所当然地淡忘，高一的上学期也就理所当然地飞快走过。一个不长的寒假度过，我们又开学了。

不好意思，对不起

高一下学期，一来就调座位。这次，我被调到了言左的后面。这样，对着他的背影发呆好像更是一件理所当然的事了。为了证明以前的小小事件，我和言左早已忘了。谁踩了谁的脚，干脆说声"不好意思"，谁碰了谁的衣服，慢条斯理地补声："对不起"，或者叫谁传下作业说"谢谢"啦。日子有什么波澜有什么拘谨有什么了不起呢？

但是，我心里知道，我毕竟是不一样了。做个鬼脸被言左看见了立马脸红，和同桌的女生你抱我我亲你的被言左看见了立马石化，甚至做个可爱的表情也要提防言左此刻回头。这个时候的我多希望自己越文静越温柔越淑女越好，就像那棵笨树："如何让你遇见我，在我最美丽的时刻。"

下午好渴，我稀里糊涂地打了瓶滚烫的开水回来，放在课桌上。水实在太烫，我实在是太渴，于是我打开杯盖希望电风扇早点把水吹凉。一堂课进行了30分钟，言左的同桌回头和我们正说着话呢，手一挥就把我那无辜的没有盖的水杯打倒，水哗啦啦地淌了一课桌，淌了言左一身。

我立马傻了，好在我的同桌眼疾手快地扶起水杯，但我那贴满了懒洋洋以及蛋蛋贴画容积500ml的水杯，早已将大半杯水无私地洒向大地、课桌……受害人言左指着那个花哨的水杯："这是谁的啊？"我实在是很想找个地洞钻进去："对不起对不起，那是我的。""怎么没有盖盖子啊？""水太烫了，我想让它早点凉。""可是没盖盖子还是很烫啊。""不好意思不好意思我现在就盖。"我把水杯盖紧后塞进了桌肚里。塞之前我还是喝了一口，还是很烫。

这个春天，家门口的豌豆花长得特别漂亮，我天天开心地经过它们上学放学。只是那一天，我回家时却意外发现豌豆花花瓣落了一地。后来妈妈告诉我那叫"谎花"。

妈妈说："谎花不落豌豆怎么能长得好呢？"

谁是谁的谁的谁

那一天翻出我的日记本，我突然发现，那些关于言左的事，没有几件能和我扯上些关系。还有更多的，是不是只是我独白我的自言自语我的单恋。

不记得是什么时候，在日记本上抄下了席慕蓉的《一棵开花的树》：如何让你遇见我/在我最美丽的时刻/为这/我已在佛前/求了五百年/求他让我们结一段尘缘/佛于是把我化作一棵树/长在你必经的路旁/阳光下慎重地开满了花/朵朵都是我前世的盼望/当你走近/请你细听/我颤抖的叶是我等待的热情/而当你终于无视地走过/在你身后落了一地的/朋友啊那不是花瓣/是我凋零的心。

谎花不落豌豆怎么能长得好呢？

我的心在这一天突然就变得灰灰的了。

今天的雨好大，我看了看墙上挂的钟，咬咬牙还是推起脚踏车就冲出了院门，不骑车我肯定迟到呢。

我左手撑起一把伞，右手扶着车头，像一条在水中穿梭的单尾鱼，飞快地骑，途经一家商场门口，我忽然停了下来。因为我听到商场里的音响传出了一声又一声声嘶力竭的女声："谁是谁的谁的谁？谁为谁伤悲？谁是谁的谁的谁？谁为谁憔悴？……"

我是第一次听到这首歌，也不知道歌词是否听错。但我被那一声又一声的"谁是谁的谁的谁"弄得心口闷闷的，我的左脚撑在地上早就被雨水淋得

132

透湿，还有裤子，还有头发。一阵又一阵的大风吹过，我被雨水淋得像落汤鸡了。

我干脆一直就这样停着等那首歌唱完。

以前我以为"谁是谁的谁"这个问题只会出现在我的日记中和你的课桌上。

后来我在非主流照片上看到这句话，我在很多人的QQ空间里看到这句话，我也在歌里听到了。可是那个傻傻的我，因为这样一句傻傻的话，有了一段傻傻的单恋。

奶茶飘香

韩亦吟

第二节课下，又是一股浓郁的香芋味，喻玙在喝优乐美，一天一杯，从后座的韩岩钠手中递过的奶茶。她怎么不会喝腻呢？

"韩亦吟，帮我摆一下。"喻玙递过她的空杯子，让我摆在窗台上，靠窗的座位总有更多的空间，可为什么不是摆我的东西？

多少杯了呢？还是多少次整理了呢？每九杯集满窗台，喻玙总会绕过大半个教室来到窗台边，把9个杯子一个接一个套起来然后欢快地跳到韩岩钠桌前："班长，又是9个了。记住哦，要11摆！"

标准鬼鬼的娃娃音。可是我不喜欢！为什么要是韩岩钠，要知道，他是我们大家的王子！

我抿了抿嘴唇，再把外套往下拉一点，不能让后座的韩岩钠看到我里面到处毛线头的毛衣，然后提起笔继续写作业。可是这味道太浓了，腻得叫人发困。不知道是谁起的头班级的同学都爱上这种浓浓的甜腻，我疲倦地抬起头，快速地扫视一下四周，大多数同学都在喝奶茶，就是周杰伦穿着学生制服用很纯的声音说"你是我的优乐美"的那种奶茶，真是奢侈的过分，两三块钱就买那个玩意！

其实……我也想喝。

"你们班特困生去大会堂开会。"那个长得帅帅的团总支书记站在门口叫了一句。我抬起头，又拉了拉上衣，用喻玙招牌的步子迈出去。这次会领多少钱呢？我在心里想，应该是五百块吧。嗯，明天我也要买一杯优乐美，应该会好喝吧……

有时候看着班级同学会互相请客，喊出那句"今晚KFC，我请客！"我心里总是一阵酸酸的，只有看看前面那张成绩单上永远排在第三位的"韩亦吟"才会得到些许安慰，但是如果此时正好韩岩钠从后面点我，并且递过一杯优乐美："帮我递给喻玙，谢谢！"我就会迅速跌落到千丈深渊，在黑暗里摸索，寻不到光明，跌得头破血流，无济于事。

万年老妖，千年老二，百年小三。

韩岩钠，喻玙，我。

呵呵，真可笑呢，前三名一成不变，我的外号——百年小三。

为什么是"小三"呢，好有歧义的一个词，我不喜欢，实际上。

大会堂，校长在念千篇一律的演讲稿，一代一代沿用下来，我在这念了两年半的书，领了两年半的助学金，换了一任校长，可是稿子怎么就没变呢？真是个可笑的问题。

听了一个多小时的激情演讲终于拿到了实在的东西，五张粉色的人民币，心里喜滋滋的，终于可以喝优乐美了！

晚上走在路上，一路感谢党，感谢政府，感谢联合国，感谢宇宙大爆炸……

突然看到前面熟悉的两个人，当然，不出所料，我们的韩岩钠和喻玙。喻玙的车子可能坏了，韩岩钠正费力地帮她抬着，昏黄的灯光照在韩岩钠的脸上，我甚至可以看到他脸上的绒毛，但他不帅，这一点，我很清楚。

不管怎么说，喻玙，我还是嫉妒你！

我背着老土的大书包走进对面的小卖部，拿出一张一百块买了一杯优乐美，那个高高瘦瘦的老板娘鄙夷地看我一眼接过钱在灯下不停地揉，防止我以买东西之名给她"假币"。

我一理科强化班高才生怎么会干这种事！请你的狗眼，别看人低！

一早到学校，前两节课都上不下去，只想等第二节课下和大家一起享受馥郁时光，我们的青春放肆张扬！

好不容易挨到第二节课下，我还没等老师走出教室就冲到后面接了一杯热水，刚烧好的开水，很烫。我把奶茶放在左边靠肘的地方，一边写作业一边闻着这诱人的香味，只要再等5分钟……

"班长——不是这个口味啦——"喻玙转过头和韩岩钠撒娇，却碰掉了我的杯子，我的奶茶，就这样，掉下去……大半的奶茶泼到腿上，真的很烫！

"对不起，对不起！"喻玛把手中的奶茶朝韩岩钠手里一扔就急忙与我道歉，我没吱声，直到她大叫一句"班长，面纸拿来啊！"我转头看到韩岩钠那张玩世不恭的脸，看到他面无表情的抽面纸，然后一脸灿烂地递给喻玛。我推开喻玛的手，挤出一个笑容"没关系"。我不愿虚伪，但我更不想看到韩岩钠面对我时的那张死人脸！

为什么你不可以对我笑呢？喻玛只是每次比我多一个名次而已，只是有标准的娃娃音而已，只是有可爱的脸蛋而已……即使我承认我没有她优秀，但你为何不愿对我笑呢，连拥有看你微笑的权利也没有！

突然看到韩岩钠冲出去了，干什么去了呢？

我在座位上整理我的一片狼藉，当然，亲爱的喻玛正在用她的清风抽纸帮我擦桌子，纸的味道，很香。我面无表情，心里的悲伤止不住地蔓延，那无声的眼神，那有声的玩闹，我的心为何被这些与我无关的事搅得生疼呢。一场浩大却悄无声息的恨就这样埋下了种子，任凭它在自然中生根发芽，没有办法……

"对不起，刚刚弄掉了你的奶茶。"韩岩钠突然站在我桌前递过一杯奶茶，和喻玛每天喝的一样。我抬起头，心里一场暴风骤雨，恨的种子迅速湮灭，因为我见到你温暖的笑。

"哦，没事！"我抬起头，释放笑容，"那谢谢了！"我接过奶茶，心里绽放了。苗壮的铁树，也会开花！

我心里萌生这样一个想法：是不是韩岩钠喜欢的是我；是不是每天送喻玛奶茶是为了观察我的反应；是不是今天这件事是几个月前的一场精心策划；是不是……

我已经想不下去了，心里已经甜腻得过分，溢出来，满满的。我在另一个缜密的空间里欢快地舞蹈，任何一只精灵都无法赶上我欢快的节拍。我的天堂，在不远的前方……心中永远的韩岩钠！

晚上放学的时候，看到韩岩钠一个人走在前面，离我很近，我迅速地拿出笔袋中的圆规，用上面的细针戳破了车皮，看着车胎一点一点瘪下去，我冲前面大喊："班长，班长！"看到他转身跑过来。

"嗯？韩亦吟，有事吗？"我看到他阳光的笑，我是拥有这样的权利了呢。"车胎坏了。"我指了指后车轮撇撇嘴。

"这样啊。你看，前面那儿修车的还开着门呢，你去看看吧。"我顺着他手指的方向的确看到一家修车铺。"那，那个，你……"

"还有事？"

"啊！"我一下子抬起头，"没事！"我呆呆地看着他。

"是不是没有零钱啊？"他一边掏口袋一边问我。

"有，有，不是，那个，你可不可以……"

"有就好，我先走了。"他说完就往前跑。

"那个——"

"喻玢在前面等我呢，对不起，有什么事明天再说吧！"

韩岩钠的声音几乎湮灭在周围的寂静里，湮灭了我。这是什么样的结局啊！虽然你没给过我温暖的眼神，暧昧的笑容，浪漫的承诺，但我早已把你深深地烙在我心上——那个坐拥理化班江山的数理化奇才！

我感叹我可笑的自以为是，我以为那幸福是属于我的，它会坚固到不可摧毁，却发现，那只是我以为，转过身，潜伏在身后的仍然是那场浩大而苍白的恨……

费力地把车子拖到修车铺时，人家已经要关门了。我无奈："求求你，帮我修修吧！"我尽力地模仿喻玢的娃娃音，但发现，很恶心。

"放着吧，明天中午放学时来拿。"

没办法，我只好背上书包一个人走在路上，看到前面有一辆垃圾车，我从书包里拿出那杯我准备珍藏一辈子的奶茶，扔进去。

是把包装纸扔进去。

回家以后，迫不及待地冲好，喝了一口。

太甜了，真的，不好喝……

谁来告诉我这个夏天的颜色

崔　安

一

突然想起了小学的事。窗外面杨树被黑色的风将要刮倒。窗子里，放着平缓的音乐，温柔而轻盈。我躺在竹席上，无所事事。

觉得那时候傻傻的，傻得让现在的我有种想哭的感觉。那时才多大？我掰着手指头算，大约是4年前吧，五年级，那时候夏鹦鹉坐在我的前面，穿着大大的白色球衣，显得很单薄。

单薄的男孩总是出现在女生假装不经意间的谈话中，细一听，充满了暖昧。

六年级的暑假回校，还没进教室就遇见了夏鹦鹉，他显得不自在，说："哟，回来了啊。"回来了啊，还是，来了啊，已经记不清了。只知道升到了初中部，间隙越来越大，打声招呼都会感觉费力。怎么会有这种感觉？什么时候开始的呢？我问自己。

似乎要下雨了呢。我关掉音乐，从床上下来，手臂上烙出了一排清晰的痕迹。我站在窗前，没勇气打开窗子。

也许有一天，那些凹凸的记忆会被遗忘。又或许不会。

二

昨晚上梦见了下大雨，哗啦啦的。早上起来时，地上坑坑洼洼的都积满了水。

8点一刻，我给虎皮鹦鹉换上了水，去了补习班。补习班在东郊，有好长一段距离的公路。

初三放假一个多月后，我突然意识到如果再碌碌无为下去可能会引起大型的家庭纷争。于是乎，第二天我就坐在了这里，好久没有学习的缘故，让我觉得老师领读单词的时候都显得特别宏大。

英语老师是个20岁的美国学生，叫丹，在教授我们英语的这几天，基本上汉化了。

当夏鹦鹉走进补习班的时候，丹正向我请教如何用方言砍价。而夏鹦鹉来的第二天苏里也来了。

我想，这个暑假热闹了。

苏里也是我的小学同学，这个女生比我们长一岁，从小就长得妩媚，在一群幼稚的毛娃娃里，鹤立鸡群。她是班级女生里唯一一个不讨论夏鹦鹉的女生。因为夏鹦鹉喜欢她，他从未说过，可我知道。

体育课时，我和苏里同时来了例假，撒谎说肚子痛躲在教室。教室的一侧有一排明亮的窗子，苏里趴在窗子前看夏鹦鹉打篮球的样子轻轻地说："我很喜欢夏鹦鹉。"

我打翻了水杯，忙拿纸擦拭。苏里突然转身，我惊慌失措地看着她，她翘起了嘴唇，说晴川你也是喜欢他的吧。

我把泡了水的纸巾丢到垃圾桶里，轻轻地应了一声。

她又笑了，很甜美，像在蜂蜜中溺死的蜜蜂。

我从四楼打完水回到教室，听到班里有笑语，我也笑着推开门想问究竟。而当我脚踏进去的时候他们笑得更厉害，我僵住了笑容。第一眼看向了夏鹦鹉，他站着，干笑了两声坐下。苏里在热闹的人群中平静的看书，好像与世隔绝。他们锋利的笑声，把我席卷。

后来单言告诉我，说那日夏鹦鹉说：晴川喜欢我是吗？但是我不喜欢她。

你不需要我可怜的爱恋，我也不需要你怜悯的爱情。可你是否看到女孩惨白的脸色，还有在众目聚焦下没有焦点的眼睛。

水杯掉在地上破碎了，热水烫伤了我的脚背，我忍痛做完了当天的值日，所有的人只是问我一句话："唉，你是不是单相思啊？"

当我的泪水落下的时候，湿润了大片尘埃。我低着头，面对他们一遍遍的嘲笑什么都不说。

那段时间仍是我不希望记住的时光，可它活生生的存在，就像我脚上扭曲丑陋的伤疤。

照小学毕业照的时候，夏鹦鹉站在我的左边，苏里站在我的右边。我一直认为他们是故意这样的，或许多年以后，当他们拿起毕业照，嬉笑地说：瞧，晴川这个第三者。

想到这里，我难过得低下头，谁知摄像老师抬起头冲我嚷嚷，那个女生！把头抬起来！同学们都转过头来看我，好像我是那颗老鼠屎，坏了他们一锅美味的汤。

初中的时候分到了不同的班级，我也缓慢隐去销声匿迹。后来听说夏鹦鹉向苏里告白，而苏里最终俘虏于一位学长痞子样的笑容，几度风雨后，又和那位学长不了了之。

有时会想，小学时候如果自信点，再自信点，自己应该不会变得遍体鳞伤。至少不会作茧自缚。

不管现在怎么去想，当摄像老师的闪光灯刺伤了我的眼睛之时，飘过的岁月成为我在转角处不可逾越的鸿沟，我无法转身，因为时间抛弃了的，就永不会收回。

三

夏鹦鹉用手肘碰了碰我，我缓过神来，回答丹提出的问题。

坐下后夏鹦鹉问我："你怎么了。"

我没有看夏鹦鹉，眼睛跟着老师手中的粉笔，说："我困了。"

他不再作声。我侧过脸看男生的样子，和记忆中的他没什么变化——长得像清风一样的男孩子。

苏里笑嘻嘻地在后面喊了我一声，说你在看什么呢。

我淡淡地笑了，说夏鹦鹉变了好多呢。

男生看着我的眼睛，笑容有点拘谨。

变了么？没有呢。

我和夏鹦鹉同路回家，他骑得很慢，眼神好像无处安放。

当我快要转弯的时候他突然叫住我说："初中三年，很少见你。"

我笑："可能是校园比较大吧，再见。"

我趁着绿灯转了弯，他来不及向我说再见，我看到他向我挥了挥手——他的影子告诉我的。

校园再大，也是会相遇的吧。要是我故意躲着你的呢？

快到家的时候偶然遇见了单言，他牵着他的金毛猎犬小爱到这里散步。看到我，露出金子样的笑容。

我推着车和他一起走到家，请他到家里做客。

妈妈在厨房洗水果，他在院子里逗着鹦鹉，我帮小爱梳理毛发。

"听说夏鹦鹉和苏里跟你一起上补习班？"他轻轻地说，眼睛始终留在鹦鹉的身上。

我应了声。

单言稍稍弯了腰，看着我的眼睛："还对那件事有阴影吗？"

我避开他灼热的目光，假装轻松笑着说："都过去很多年了。"

"过去很多年了么，"他喃喃道："有的事也未必能忘得掉。"

又语风一转，露出乖巧的笑容："谢谢阿姨。"顺手接过妈妈递给他的水果。

我送他离开，摸了摸小爱的脑袋。

他对我说："那你还记得我说过我喜欢你么？"

他的笑容在昏黄的阳光下镀了层细纱，倾国倾城。

我把车子放在补习班的车棚里，有人遮住了眼前的阳光。

"早上好啊，晴川。"

我吃惊地抬起头，还没有反应过来，单言一把拿过我的书包："走了，带我去见外教。"

单言坐在夏鹦鹉的旁边，说鹦鹉好久不见。

夏鹦鹉拨了拨零碎的刘海，露出明亮的眸子，说："呵，来了啊。"

好像本来就知道单言要来似的。

单言和夏鹦鹉原是好友，小学时我常看到他俩在操场上打球，欢腾的身影，金子样的笑脸。

都是美好的少年呢。

初中时候单言同我分到一个班级，渐渐地也不见他们来往。

少年们被风鼓起的洁白一角，岁月侵过，如今也只剩清风。

四

你究竟说了什么？那日放学以后，同学们结伴嬉笑着从我身边走了。我麻木了大脑，拿着扫帚低头扫地，看见了你的白色球衣。

我疯狂地拿来黑笔，在球衣上画了几笔，又狠又恨。你回到教室拿球衣，遇到我平静的目光。

你拿起衣服，我看见你对我张了张嘴，楼道里声音嘈杂，我没有听到你说了些什么。

我只记得我在你的球衣上写的是：你晓不晓得，你很讨厌。

很多个夜晚我都被梦魇惊醒，梦到他们的笑眼，一波一波。滚烫的热水，我痛到失去知觉。后来用清水冲洗烫伤，红彤彤的，一皱一皱的伤皮。被梦惊醒的我不敢动弹，喘着气看窗外黑蓝的夜色，有时会升起一轮明月，月面光泽润美。

我早早地收拾书包回家，单言追上来，说晴川你怎么了，听着丹的课发愣。

红灯亮了，我们停下车子。

我答非所问地"嗯"了一声。

单言一愣，然后叫着从车座上跳了起来，瞪大了眼睛看着我："难道你喜欢那个鬼佬？"

然后周围的大叔大妈们纷纷看向我，眼神中有多重解释。

我憋住心中的怒火，一巴掌掴在单言表情夸张的脸上，我说你的想象力丰富了不少。

单言握住我的肩膀打闹。

"喂，是不是啊，是不是啊？"不厌其烦地问，我憋住笑，把头扭到一边。

"除了鬼佬的眼睛向里凹一些，发型酷了一点，剩下的还没有我帅啊。"他还在说。

"而且我还是made in China，你说你怎么喜欢一个老外呢。"

单言玩性大起，捣弄我的车铃。周围的人经过笑着说瞧这小两口闹的。

我伸出一只手捏了捏他的脸，笑着说："别闹了别闹了，喜欢你还不行吗，我喜欢你。"

单言大笑着，突然安静下来，说："这是你说的。"

我感到无比的无奈，刚要解释，看见不远处的夏鹦鹉。

夏鹦鹉朝我笑了笑，说：路上小心。

我向他点点头。

路上我对单言说："你知道吗，那种被嘲笑的憎恨。"

"恨到骨子里。"

五

一星期中唯一的休息日。我睡到了早上11点。

匆匆地淋了浴。听见园子里爸爸突然喊："晴川，鹦鹉飞了！"

我拖着拖鞋跑进园子，爸说在给它们换水的时候忘了关窗口。

我慌张极了："往南面飞了？南面是吧。"

我骑上车子就往南面的小树林骑去。这两个小东西不仅没人性还没鸟性，和我相处了半年了还敢弃我而去。

想着想着，鼻子一酸，落下泪来。

"晴川。"有人喊住我。

夏鹦鹉撂下车子跑过来握住我的肩膀，倾着身子。

他说："晴川你不要哭啊。"

他说："晴川你怎么了。"

他说："晴川。"

男生言语里有哀求。

我抬起头抹掉泪说我的鹦鹉飞走了。

他轻轻地松了一口气，用修长的手摸摸我的眼睛。

"我不是在你身边么。"

小树林里疏疏散散的投下吝啬的阳光，长满了叫不出名字的植物，和成群的叫不出名字的鸟。

唯独没有我的虎皮鹦鹉，我想也是啊，绿色的鸟在绿色的叶间，怎么会找得到？故意的吧，故意让我找不到你们。

我们坐在树边的石头上，夏鹦鹉递给我一瓶果汁。

他喝了口可乐，抿了下嘴唇说：我可能要去A市的B校。

"哦。"我抬了抬眼皮，"苏里不是考的那里么？是为了苏里吧。"

他刚要说什么，我抢先了他："好好学习，天天向上。呵呵。"

之后又是沉默，偶尔听到麻雀掠过树梢时脆亮的鸣叫。除此之外就剩树林荫翳。

夏鹦鹉猛地打破僵局说："晴川你还恨我吗？"

我有些发怔，看着他纯净的面容，突然产生了尴尬。

我不太自然地笑了："呵呵，都过去好多年了。"

他又问："那么你喜欢单言么。"

我笑了："你说呢。"

生，老，病，死，爱分离，怨长久，求不得，放不下。世间有那么多的苦，似乎我以前受过的伤在世间的大悲大痛面前微不足道。我觉得我还是很幸福的，世界上还有许多地方可以安置我的矫情。

六

下课的时候苏里低下了头，问晴川你的脚怎么回事？

我下意识地把脚收了收，小时候烫的。

哦。苏里应了一声，不再说什么。

几天之后，我听见这样的对话。

苏里的声音："单言，晴川脚上的伤难道是小学那次……"

男生没有说话。

女生有些焦急："你说呀，你说呀。"

单言说："呵，是托了你的福啊。"

她的声音细了下来："我当时只是说笑间告诉了夏鹦鹉，他也只把晴川当玩笑说了出去，不晓得会那样。"

果然呢，我躲在墙壁外轻轻地笑了，我一直是个玩笑，而一直也只是被当个玩笑。

把别人当玩笑开涮很好玩吧，嗯？至少比自己被当玩笑开涮好玩吧。

我从他们身边走过，说怎么还不回教室啊。苏里拉住我的手臂，说晴川你不要恨他。

我感到好笑，说我怎么会恨他。

丹布置了作业，宣布放学。

收拾书包的时候发现多了本英语书，叫住正要走的夏鹦鹉。

"是你的书吧。"

他翻了翻书包说是。

我把书递给他的时候从书里掉了张纸。我弯腰捡起来。

"我喜欢你，晴川。"

我把英语书还给他。把纸条揉成了团，丢进垃圾桶里。

不动声色。

夏鹦鹉在公路边挡住了我。

我友好地笑笑说："有事么？"

他说："晴川我喜欢你呀。"

我挑了下眉："哦。"

他皱了皱眉头，抓住我的手轻轻地摇说："晴川我是真的喜欢你的。"

"真的喜欢你，你喜欢我吗？"

我笑着抬头看他。

"夏鹦鹉你知不知道被喜欢的人嘲笑是什么感觉。"

"夏鹦鹉你知不知道你让我恨到骨子里。"

"夏鹦鹉你第一次把我当玩笑耍是无知，第二次的话是作孽。"

他好看的脸似乎被风化，眉目间竟露出了我从未见过的悲凉。

我想我不需要拼命地奔赴你的脚印，更不需要依靠你遗留下的所谓依靠。

少年时不是我不自信，而是我不该让你把我的自尊击溃，溃不成军。

你知道吗？我摆脱不了年少时的阴影，我害怕当我鼓起勇气向前一步，你突然说后悔，我再向后一步，却怎么也回不了原点。

七

第二天夏鹦鹉没有来上课，我也松了一口气，事到如今，我也无法面对他。

苏里坐在了我的身边。丹要求我们朗读课文。苏里顶着宽大的英语书说晴川对不起。

我抿了抿嘴唇，说没什么对不起的。

她忙摇手说不不不，我不晓得那件事会给你带来那么大的阴影，鹦鹉也很内疚，请你不要再让他伤心。

我盯着书默不作声。又突然转头对苏里说："哦，对不起，也对，他本打算耍别人却偷鸡不成蚀把米，的确让人很不爽。"

苏里刚要反驳，丹弯下腰来说可爱的小姐们，要认真读书。

放了学苏里追上来，她说高中后就和夏鹦鹉在一所学校了，说这些的时候脸上荡起来一丝甜美。我也笑着说："嗯，你们从小就好。"

她愣了一下没说什么。

她说我和夏鹦鹉过几天就要走了。她在拐角处突然停下车子，猛地抬起头说晴川，夏鹦鹉喜欢你的。

我挑了挑眉说："绿灯了，我要走了，你们一路小心。"

他们两个果然没有再来上课，身边空着的座位，好像从未被填补过。

单言说："鹦鹉和苏里要去A市了。"我说："嗯。"

单言说："你不想他么？"我说："不想。"

单言说："你不喜欢他么？"我说："不喜欢。"

单言刹住车，说："晴川你怎么那么虚伪。"

"我虚伪？我知道他喜欢别的女生后大哭才算单纯么？"

"当他拿我当玩笑，我要乖乖地依在他胸前才是对的吗？"

"我只不过是拿笑容保护自己，也是有错的么？"

我对他尖叫着，泪水模糊了脸。我把脸埋进他的肩膀，说单言怎么办呢，无论半径多远，圆心都有他的位置。单言揽住我的头发说不怕，我会一直陪着你。

八

丹发下英语试卷，单言突然乱了手脚。说小川，一会要给我发短信啊。之后，他抱着书坐到了最后一排。

丹露出了迷人的笑容说淑女们绅士们，请把手机关机然后放到讲台上。

单言嘟囔了一句："我不是绅士我是爷们。"之后，被丹从手中夺去了手机。

我也看了看屏幕。

8点10分。关机。考试。

两个小时考完了试，我回到家意识到忘记了开机。

一条短信。

晴川，你希望我留下来么。夏鹦鹉。

11：05

嗯。希望。晴川。

我握住手机闭上眼睛，眼泪竟无声息地溢出。

<h1 style="text-align:center">九</h1>

清晨醒来的时候，握住手机的手已经麻木。显示屏上依旧没有任何人的信息。

我站到窗前，拉开窗帘，城市渐渐苏醒，人群开始流动。

我自顾仇恨过去，在世界的背后顾影自怜，到最后，终究还是要自己一个人滑过寂寞的水面。这终是属于我的一场自导自演的悲剧，而你是努力配合我的喜剧主角。

夏鹦鹉

小学的时候你坐在我的身后，嬉笑着说鹦鹉你的球衣真白，看我不给你按一个黑手印。

你笑颜如花，惊艳了我的双眼。

那日苏里大声地告诉我说你喜欢我，男孩子诧异的表情被逞强的话所遮蔽。我红着脸说谁喜欢她呀。

我看见你憎恨的目光，还有嘲笑的人群。

你在我球衣上的字，又狠又恨。可你是否听到我的话。

我说：晴川我喜欢你。

"真的喜欢晴川。"初一开学，苏里向我告白时我就这样告诉她。后来我才知道我年少时的骄傲在你记忆里刻下了不可痊愈的烙疤。无论以后我如何鼓起勇气向你告白，都打不开你心中封闭的门。

我拿起了小学毕业照，你站在我的身边，尽量的远离我。我害怕，怕你从此再也不会喜欢我。

一语成谶。

我看见你在校园里低头躲着我，好像我是你所厌恶的病毒，你怕招惹上身，也懒得抬头一看。

我穿着有你写的字的球衣和别人打球，不顾球员的疑问，一遍遍地投球传球，头顶上是夏日滚烫的日光，把汗水泪水统统蒸发。

手腕累到麻木，左手撞到了球筐上也不知疼痛。医生说得很直接，话从医用口罩出来的时候有股麻醉药水的味道。

右手没废掉，左手撞到硬物，再不能打球，且有后遗症。

初三的时候后遗症复发，爸妈让我报了A市的学校，要在A市某医院长期调养。临走的时候在补习班里遇到了你，我喊你：晴川。

你抬起头来笑得很标准，瞳孔空洞像是无尽的黑洞，扼住了我的脖子。

当停在路边等你的时候听到你说你喜欢单言。我忆起了六年级时单言一拳打在了我的脸上，说你不配被晴川喜欢。

我不配。

但我想告诉你，你的鹦鹉还在你身边。

我向你告白时你骂我作孽，是，我做的孽，想还时却发现还不起。

你说怎么办呢，我的丑陋像你脚上的疤痕，永远铭记在了皮肉上。你心中的锁，已是锈迹斑斑。

临走的那天上午8：00，我在待机大厅给你发了短信，我知道如果你说了"希望。"我会背离一切只因为你敞开了心扉。

眼一直盯着手机，黑屏了再将它点开。

大厅广播提示登机。

11：00关机。登机。

爸爸给了我A市的手机卡，把旧卡丢到了垃圾桶里。

我闭上眼，身体急速下陷，脑袋中闪过你小时候单纯的笑脸，泪水顺着脖颈流下，只觉世界坍塌沦陷一片荒凉。

我终究还是错过了你——惊艳了我岁月的人。

晴川

夏季的骄阳晒伤了我的皮肤，当清风开始治愈伤痕的时候已经飘下了夏天的最后一片落叶。

终有一天，闪过的浓郁森林，掠过的绿羽鹦鹉，流过的悲怆河流，燎过的灼目烈日，都被秋季的第一场暴雨冲刷洗净，从春末惊蛰到最后一只菜蝶化茧自缚，所有的所有，全部被淋湿，风干。彻彻底底。

可是，在度过了一个摇摇欲坠的夏季之后，在落叶的阡陌纹理清晰之时，由谁来告诉我那个夏季的颜色？

第六部分

听天使在唱歌

　　心底那处最柔软的角落留给臆想中的纯白时光。最干净朴素的校服衫，简单的吉他和弦，被涤染得近乎泛白的日光，啤酒清脆的碰杯，卑微又伟大的梦想。这样的青春在梦境来回逡巡，弥补着走失的年华。

——曲玮玮《想把我唱给你听》

想把我唱给你听

曲玮玮

心底那处最柔软的角落留给臆想中的纯白时光。最干净朴素的校服衫，简单的吉他和弦，被涤染得近乎泛白的日光，啤酒清脆的碰杯，卑微又伟大的梦想。这样的青春在梦境来回逡巡，弥补着走失的年华。

我仍旧是靠书本和作业度日的平凡学生，在庸碌绵长的时光线上走过，那些被生活琐碎掩埋的梦境会在某个时刻一触即发。破碎的流年被风吹得翻跹，掠过凌乱的发梢蹩脚地舞蹈。

曾经最喜欢的音乐是校园民谣。它的时代早就随着商业口水歌的泛滥宣告终结。记得某个午后折腾母亲留下的箱子，竟发现几张泛黄的校园民谣CD，如今的市面上很是难寻。家门口的音像店昼夜沸反盈天，前几日林宥嘉唱着《说谎》，今天店主搞起了怀旧版，迂回着胡杨林的"你身上有她的香水味。"

还记得一头长发的老狼，唱着"忧伤开满山冈，等青春散场"；记得某天下午单曲循环着叶蓓的《B小调雨后》。只有音像完好地镌刻下了此情此景，屏幕上握着话筒的那个人，早就撇下了他曾挚爱的民谣去了别的地方。我只是个悲凉且过时的看客。

想把我唱给你听/趁现在年少如花/花儿静静地开放/装点你的岁月我的枝丫

那天耳朵鬼使神差被这首歌的旋律萦绕，简单不失内涵，明快不缺婉转，老狼标志性的苍凉嗓音，女歌手明亮的映衬。我想一定又是被遗落的校园民谣。

跃动的旋律把四散的青春拼合在一起，令人悸动的歌词填充进青春的罅隙。

初二暑假一群人背着木吉他将双腿耷拉在溪桥下，整个漫长的午后被我们略显聒噪的音符填满。那个大我几岁的学长会弹很好听的和弦，我一连说出几个校园民谣的曲目让他弹。学长睁大眼睛说现在的孩子应该只喜欢口水歌或者RAP，校园民谣早就遗落在他们的时代不复返了。我在他惊异的目光下骄傲地笑了笑。

那天学长一连弹唱了很多首歌，譬如老狼、罗大佑、筠子。他唱"不忧愁的脸是我的少年，不仓皇的眼等岁月改变。"透过他锐利的瞳仁，我看到遗落在成长里的东西重新焕发出光亮。

于是那天萌生了"要学好吉他"的想法。趁着落日演绎华美的忧伤前，把我唱给你听。唱给身边的那群少年，唱给窸窸窣窣的成长，唱给年华里永久不变的换日线。

假若年少的花儿永远静静绽放在山冈。

在百度上发现王筝2004年的专辑收录了这首歌——《想把我唱给你听》，心突然就明亮起来。那旋律起初就有"似是故人来"的感觉，我为这样的邂逅欣喜若狂。

此后便是整个周末的单曲循环。

谁能够代替你呢/趁年轻尽情地爱吧/最最亲爱的人啊/路途遥远
我们在一起吧

第一眼看歌词跟普通的感情歌没什么区别。而男女主唱清新的音调，却把这样的情愫演绎得温暖无比。

好像年华里的某些爱就是义不容辞，无论爱情与友情都能陪我们完好度过整段时光。

又是何其幸运，路途遥远我们在一起。

掏出手机给小D发短信，只发送了寥寥数语。告诉他"未来的未来我们还要在一起。"小D也知趣地回了声"OK"，我不禁咧开嘴笑。

不知不觉间已跟他做了几年死党。哪天有了兴致就相约唱K到爆肝，他失恋时也在大排档陪他喝过整夜的啤酒，一起逛街帮他挑选好看的衣服，一起画画，一起旅行。

我们从没有过约定，没有男女间的煽情。"最最亲爱的人啊，路途遥远我们在一起吧。"几年的默契已不需要承诺与表白，友情似乎冥冥中指引着我们，要一起走到地老天荒。

哪怕这只是愿望。

我把我唱给你听/把你纯真无邪的笑容给我吧/我们应该有快乐的/幸福的晴朗的时光

旋律从柔和转入明快，又陷入低回的忧伤。有时候打动我的，不需要炽热的感情，不需要催人泪下的桥段。这样一首歌，就足矣。

这样一首歌，带我回到触手可及的纯白时光。

站在时光线上，拨动着简单的和弦，把我唱给你听。

154

雨过之后心依旧

纪　凉

在这样的一个炎热的夏天，你戴着大大的黑框眼镜，一顶可爱的草帽，像一股清风，吹进了我的心里。

当我第一次在电视上看到你，你抱着吉他，像个大孩子，却用那极具感染力的声音唱着："最后最后还是放开了手/不想再爱过头成了痛/最后最后还是寂寞依旧/虽然有时会想你/可有太多理由不可以。"彼时的我以为想念可以就这样占据我的生活，而做不到离开我所想要依赖的世界，你的歌给了我一种莫名的力量，其实记忆已经渐渐消逝，如果一直一直放不下，只能成为漫长岁月里回味的痛，或许雨过之后就是那彩虹的美丽。

于是就这样喜欢上了你，知道你的歌着实记录着成长的痛，对现实的无奈。站在80后的尾巴上，你没有进入那些可以企及的象牙塔，而是在16岁这样青涩的年纪就出来闯荡社会，你曾经当过放碟员，当过洗浴中心服务员，当过酒吧驻唱歌手。拿着那些微薄的工资，你又为了你的音乐梦想，毅然加入了北漂一族，那样艰辛的生活，或许是我们这些90后都不明白的执着，坚持，平实。

在快男这样的舞台上，你走得有些跌跌撞撞。可是每一场比赛，都带给了我们不同的感动。一首《写给方大同》惊艳全场："这世上更需要[南音]，而不只是[love song]。"喜欢你的同时，我也喜欢着方大同，就像你说的，自己做的音乐才叫音乐。宣布你复活赛成功的时候，你开心地吐了下舌头，比耶。从此以后你多了一个"萌神"的外号。作为一个蜡笔，我也亲切地称你为萌小心，你就像一个冰淇淋，在这个夏天给了我们一个清新的意外。

从此以后，多了一个习惯，夜晚，打开扬声器，静静听你唱歌。

以前我一直觉得，人一旦长大以后，看世界的眼光也不同了，人和人之间永远有隔阂，于是尝试着改变自己，换来的却是别人异样的目光。而你唱，还值不值期待这一切，我只能对自己再说一遍，我一定不会变，就算风干了一切。原来就算等到事过境迁物是人非，自己永远是自己，没有必要去为谁去改变，因为，不值得。

有时会和爸爸妈妈有些争吵，总是任性地关上门，发出巨大的声响，然后一个人生闷气，觉得爸爸妈妈一点不理解自己。而你唱，那一直刻画在心的笑容，承受从来不让我知道所有的苦与痛，我会用一生守护着的人，带着爱的眼神眼角几条皱纹。和你比起来，我真是很羞愧，原来我这样不懂事，不懂得接受他们的爱。萌小心，谢谢你让我懂得被爱中去爱，被理解中去理解。你就像一个邻家的大哥哥，把爱唱在歌里，让我们都去懂得。

90后的我们，总是时而忧伤着。莫名的一些小情绪，在心里浮动，因为某些人某些事，就轻易触动心弦，眼泪似乎有时变成了发泄情绪的一种工具。而你唱，你说你难过难过难过你懂什么才叫作难过，我的这颗心你永远带不走。或许我们思想太肤浅，矫情到为了那些就难过起来。快乐才是我们生活的王道，不是么？要像萌小心一样，用微笑面对一切，才会更努力更有勇气。

我和身边的朋友说着你，说你和你的原创，说你带给我的感动。于是她们也都喜欢上了你，或许是你的亲切感，或许是你超萌的笑容，或许是你那一首首有穿透力的原创，也或许和我一样，是你给予了听歌的我们太多太多感动。或许快男比赛只是一个小小的漂流瓶，让那些音乐随漂流瓶跌宕起伏，让懂得和珍惜的我们遇见。

有人说你长得不够帅，有人说因为这样所以你人气不高，也有人说是因为你没有特色记不清你。但你却凭着自己的原创一路走到了最后，用自己的实力向他们说OK。百度上这样说，原创对你来说，不仅仅是一种情结，沉淀的还有你的经历，而每一首原创都是你的小宇宙。

我相信，每一首歌都是你的小宇宙。而这个小宇宙里，有你，也有我们。

我也相信，每一场雨过之后都会有放晴的美丽，而雨过之后，心依旧。

蔡淳佳，你是我的隐形纪念

涂 静

等一个晴天

喜欢捧一杯清茶，端坐在阳台边，冬日午后阳光温暖的流泻，身上的温度与耳边清淡柔和的声音混杂，于是忽然觉得，好幸福。

喜欢依靠在老家院子里唯一的木制藤椅上，蝉鸣的燥热槐花的清香，耳边是平和却坚强的声音，于是忽然觉得，生活其实也可以很简单。

喜欢在很深很深的夜里，因为突然想起一个人而产生的失落时，耳机里有个声音一遍遍温柔地不厌其烦地安慰我，告诉我不要太难过。

如果一个人的一生中的难过悲伤与快乐情绪以天气来代替，那么阴天、雨天和晴天就是最好的说明。而蔡淳佳，遇到你，就是遇到了我的晴天。

新加坡女歌手蔡淳佳，我没有在最初的时光就喜欢她，没有陪她走过她音乐生涯中那些低谷，没有追着她到处跑，也没有疯狂地收集她的专辑，可是她却给了我最大的信仰，给了我最初的信仰。

依稀记得那是一个很深的夜，我因为想家在床上辗转难眠，睡我旁边的小何递给了我一个耳机。安静的夜里那个干净温暖的声音无限放大，她唱，想家，蹲在屋檐底下，听着自己一句一句心里的话，想家，世界在雨伞下，不如就这样吧，我打几通电话，明天再出发。

我也好想家，眼泪经过脸颊滑落在枕畔，却不再是难过，而是一种坚强。暗暗下定决心明天打电话给妈妈，告诉她其实我很好，叫她不要太牵挂。那个晚上我就在这样温柔的声音中进入了梦乡，第二天迫不及待地向小何打听是哪位歌手的声音，竟然能唱到人的心坎里。

温柔的力量最强大，原来唱这首歌的人名字叫蔡淳佳。

约好的以后

父亲在银行上班，母亲管教甚严，外表乖巧柔顺的淳佳，一直被视为会按照家人的期望过人生的好孩子。淳佳说，参加歌唱比赛，是自己向人生叛逆的方式。

她当时还在上学，不愿意放弃学业的她为了兴趣，白天上课，晚上在民歌餐厅演唱，验光系毕了业，开始工作当验光师，还是唱。验光师的工作是每天从早上10点到晚上10点，淳佳就利用每周一天的休假去"木船民歌餐厅"演唱。

新加坡木船是一个很特别的地方，来这里的人，都是真正喜欢音乐的朋友，他们没有用餐，为了能专心听音乐，老板坚持自己的理念。也因此，淳佳在这里认识了许多好朋友。

而她走上歌手这条路，还是要归功于她的伯乐许环良。淳佳18岁参加了新加坡海蝶音乐制作公司所办的"非常歌手"选拔活动，成为2000名选手中入选的幸运女孩。然而她一直都没有想过自己会走上歌手这条路，音乐只是她的爱好。许环良发现这块难得的璞玉，于是一直不断游说她，问她要不要出唱片。在蔡淳佳22岁那年，因为母亲辞世，经历生离死别，她想开很多事情。她说，该做的事，就该及时去做。她不愿自己的人生，就在每天和一成不变的工作搏斗中度过。

她用歌声向原本一成不变的人生叛逆，却意外开启了另一扇门。一首翻唱的《爱如潮水》让她被台湾地区众多观众熟知，《陪我看日出》这首歌跟着朗朗上口，影响力甚为惊人。

回到最初

专辑介绍里她说，"如果我能放下之前所拥有的一切，那么这张专辑就是我《回到最初》的起点。"这个世界变化无穷，稍有迷失就会找不到来时的路。很多人在这样的一路行走一路丢，回过头去却只看得见大片的空白。可是蔡淳佳没有忘，她以专辑《回到最初》告诉自己，只要牢牢记住最初那炙热的梦想，就会寻获之前梦想所带来的感动。"回到最初"专辑收录了淳佳参与的五首创作《檐前雨》、《他离开的第一天》、《找回自己》、《我们的最初》、要幸福啊"，距离上一张专辑发行近两年时间里她一直在寻找着最初的自己，最初的感动，最初的震撼，最初的爱。她用自己温热的心开出让我们惊艳的花朵。

你是我最初的信仰，要幸福啊。你是我最大的牵挂，要幸福啊。

"是的，我在这里很好，只是每天晚上会被风吵醒。"这个在22岁的时候就带着简单的行李，来到台湾的年轻女孩，说过这样一句话。而现在，她在时光的变迁中沉淀下来，以淡定温柔却蕴含强大力量的歌，成为所有后来的年轻女孩的榜样，教会那些女生坚强。

隐形纪念

159

我喜欢的蔡淳佳有一副温柔的好嗓音，她陪我度过了许多个无眠的夜晚，我在那些夜里偶尔哭泣，偶尔沉思，但我并不孤单。

在所有我看不见的时光里，蔡淳佳陪我一起走。那些忧伤与眼泪，那些感动与微笑，都是我们多年后想起时心中的隐形纪念。

那个叫陈绮贞的女子

浅 笑

音乐列表是《太阳》里所有的歌。听陈绮贞安静澄澈，柔美温暖的声音，内心里有一种平静。喜欢陈绮贞的歌，陈绮贞的声音，喜欢她用清澈、柔软的声线歌唱着一首首华丽丽的篇章。

素来不听太过嘈杂的音乐，也没有特定喜欢的歌手。在这个摇滚乐口水歌严重泛滥的年代，我极力寻找有着忧伤调调的安静歌曲。

直到后来听到陈绮贞的太多。前奏是起伏的钢琴乐，随后是歌手圆滑的声音。"喜欢一个人孤独的时刻/但是不能喜欢得太多"。如同琴谱中的升调，使人震撼。柔韧的，温和的，带着一丝孩子气。突然被这样的一种声音俘虏。隐约里，感觉自己踏着轻快的步子在原始森林里漫步，拾起散落一地的金色阳光。风轻轻拂过，树叶沙沙，溪水哗啦啦。阳光爬满了森林里每一个晦暗的角落。心旷神怡。

疯狂地喜欢上这个流浪的吉他手。她的才华横溢，她的唯美神秘，她的婀娜多姿，造就了她的魔力四射。她用歌，诠释她的生活，她的心情，她的快乐，她的悲伤。她写歌，不冗杂亦不聒噪。她创作，以自己的生活为底色。她独特，穿着长裙，在耀眼的灯光下陶醉地忘情歌唱。她让更多的人喜欢上这个女子，迷恋上她的音乐。

兀自蹲在角落，塞上耳塞，按下播放，耳边荡漾着一曲《旅行的意义》。你看过了许多美景/你看过了许多美女/你迷失在地图上每一道短暂的光阴。我想，很多年后我要背着我的旅行包，选择一个安静的城市，进行一场很长时间的旅行。穿着长裙，游弋在威尼斯的街头。享受柔和的海风掠过脸颊，坐在小艇上观望漂浮在海面上的各式各样的建筑，凝望商店标着的大大小小的英文字母在阳光的照耀下反射出耀眼的光泽。天空一望无际地湛蓝，威尼斯的海面波光粼粼，小艇在波浪的起伏下漂泊不定。或是穿着简单随意的衬衫搭配牛仔裤，听着很多年前听过的《旅行的意义》，游览巴黎的古建筑，拍下唯美的画面。在忙碌之余平息我劳累的心。

太阳专辑出了很久我才知道。那真的是一张很优秀的专辑，我把那些歌一一下载，反复浅唱低吟。孤单寂寞的时候，迷茫的时候，难过的时候，总要听上一曲。她的音乐是良剂，一点点抚平心中凸起的伤疤。陈绮贞做到了，让她的音乐天赋赋予了她创造唯美的动力。

陈绮贞的每一张专辑，都是她用她自己的心情故事，拉动着人的心弦。写作也是一样吧。没有真情实感做灵魂，再华丽的语言都只是一副空壳。从小学开始，热衷于欣赏饶雪漫长篇的曲折情节，郭敬明文章里的忧伤人物，然后虚拟一个老套的情节用青涩的语言叙述。小学的班主任是个和蔼漂亮的女人，她拿出红笔在我几千字的文章上圈圈点点，我的本子在班上流传，那时的自己内心充满了自豪。很多年后重新咀嚼这些曾经引以为豪的文字时，嘴角再没有扬起夸张的弧度。

"我常常忘记我是一个歌手，我很喜欢写歌，但是没有什么明星梦，我更在意写的歌有没有人去唱。"陈绮贞不是大红大紫的明星，她用歌编写她的故事，她是如此独特的一个女子，她的脸上永远浮现着孩子般的天真，找不到一丝尘世的玷污，她的歌带着独特的孩子气，她的梦想是金色的阳光。不张扬不做作，所以她永远那么特别。伟大的音乐灵魂居住于这位流浪歌手的血液中，它们变成了灵感，变成了独特。

我相信不久的某一天，你会发自内心地深爱上这个1975年出生的台湾女歌手——陈绮贞。

和蔡旻佑一起等你

末 流

很长的一段时间做同一个梦，湿润而密集的雨点，色调暗淡的水粉画，一个清瘦的女孩子，蔡旻佑绵凉单薄的嗓音，就那样拼接起来，在每个夜里安静而沉沦地上演。生活没有大起大落的情节，虽然这样的梦境并没有很夸张地让我哭醒，可是依旧有些东西在心底不动声色地游走。

于是开始彻夜发呆。会忘记一杯刚热好的牛奶，等到它没有了温度，又重新放回微波炉里。空空的房间和落寞互相厮守，窗边的一行CD排列出让人视觉疲劳的方条。左手第三张，是小安亲自摆好的。在七月里一个不温不热的下午，她说羽，我录了蔡旻佑所有的歌，从最初的到现在的，有你最喜欢的《我可以》，还有我最喜欢的《你看不到的天空》。最后她说，羽，我走了之后你要记得蔡旻佑还在这里。

我看向那张CD，上面有蔡旻佑的照片，他像一盆植物一样恬静地坐在钢琴前面，嘴角扯出一抹不咸不淡的微笑，周围的一切似乎都沾染上了墨绿色的气息。记得高二的时候，我和小安总是逃掉体育课，坐在风很大的楼梯口相拥着听歌。有一次我们心血来潮，形容着自己心里的蔡旻佑，轮到我说时，我看着小安飘飞在风中的长发，脱口而出："小安，他就像是一棵永远温暖的墨绿色植物，唱着很好听的歌，做着自己喜欢的事。"

送小安走的时候并没有兵荒马乱地难过。选择一条有利于高考的路，是我们必须遵从的。小安画了6年的画，她每一根手指上的辛苦，都不该被一般般的文化课成绩所埋没，而且400公里外的那个城市有著名的绘画老师，有明亮安静的中世纪格调画室。所以小安的理想，只能在那里展开熠熠生辉的翅膀。

那就遵从。在此之前我没有这么长时间离开过小安。我可以不顾家长的反对为了她报考一所二流高中，她可以为了陪我上周末的补习班逃掉画室的课，只为能彼此在一起，我们所做过的所有努力都是有成效的。可是后来我还是亲自送她到车站，帮她盘住及腰的头发，插起银白色的簪子，说，小安你要照顾好自己。

寄没有地址的信/这样的情绪有种距离/你放着谁的歌曲/是怎样的心情/能不能说给我听

夏天过完，我开始后知后觉的想念。《我可以》的旋律从DVD里浅浅的飘出来，每一句都沾染了回忆的气息。但不曾打过任何一通电话给她，只是寡淡地写着几周一封的信，说一些淡淡的心情，不让她分心。

雨下得好安静/是不是你偷偷在哭泣/幸福真的不容易/在你的背景有我爱你

我可以/陪你去看星星/不用再多说明/我就要和你在一起/我不想/又再一次和你分离/我多么想每一次的美丽/是因为你

2月的时候大街小巷都残留着风干了的雪。因为紧张的课程，小安并没有回来。我拍了所有春节的场景给她看，每一张照片下面都有大段大段的介绍文字。

小安在QQ上说，羽，打电话给我吧，就一个，想你的声音了。

我看到自己在手机屏幕上映出的双眼慢慢变得通红，心底涌动的尽是难过。隐藏了自己的号码，然后拨通小安的电话，那是七个月以来我第一次听到小安说话，她说了很多很多，她的生活，她的理想，她的画，她的心情。最后她安静地唱：我在你看不到的天空/看着灿烂的烟火/这城市孤单的人只有我/没有谁在乎谁跟谁分手/每个时钟都继续转动

……

那是《你看不到的天空》。

我的心突然异常的宁谧。一个温暖的念头在心底萌生，我说小安，你还记得蔡旻佑吗？19岁出道的时候，他不红，也不著名，可在我们心里他是最

特别的。至少，我们要像他一样努力。对么？

　　小安，我们约定，如果你实现了自己的理想，我陪你看一场浩大的烟火；如果我能实现自己的理想，你就陪我看一夜最美的星星。

　　小安愣了几秒，然后很坚定地说，好。我的嘴角在电话这头勾起一个灿烂的弧度说，放下电话，乖乖回去努力。

　　忙音响起的时候，我长长地舒一口气，灌下一杯咖啡，继续在题海里埋头苦干。还有4个月，谜底自见，可在这期间，分秒都不能放弃。

　　亲爱的小安，加油吧。任何时候都不要忘记，还有我和蔡旻佑一起，在这里等你。

164

今天情人节

闹钟是个杈

2010年，她结婚了。人人网上每十来分钟就会更新一段关于她婚礼的文字或者视频，我将我所能搜索到的关于"Fish and Tony"的消息分享来看，在评论处都写下：无论是谁，只要能给鱼鱼幸福……

很少有人知道她的原名叫作梁翠萍，但不管是翠萍还是响彻华语乐坛的静茹，我都只叫她鱼鱼，1978年出生，马上就要满32岁的小鱼鱼。他们在说，她要结婚了。

2月19日这一天，我一边在网络上等待新的视频，一边红着眼眶翻看她的曾经。整个下午我都沉浸在她的音乐里，像之前的每一个周日下午。阳光斜斜地照在电脑桌上，照亮了桌角一整排静茹的专辑，只是今天的阳光似乎也懂我的忧伤，我抬起头来面对它时并没有平时那么刺眼。然而眼泪却自己流了下来。

耳麦里传出静茹淳厚的声音：我活了，我爱了，我都不管了……嗯，她就是这样，勇敢地活勇敢地爱，只是因为宗盛大哥的一个肯定，她18岁便只身一人来到台北，开始她的音乐梦想。后来的日子她常常提起李对她的帮助，也是李的那一句"不管在任何状态唱歌，都要跟当初为什么要唱歌时是一样的"，让她从18岁开始唱歌，唱成了歌手，唱成了"K歌王"。

静茹的声音多年不变，即使是那首为了转型而创作的摇滚曲风的《燕尾蝶》，褒贬不一却还不得不说这是她破茧成蝶之作。正是这支曲，媒体开始对她冠以"天后"之名。她的声音就是这样直指人心，直指你爱的世界。她告诉你说：不管怎样，怎样都会受伤，伤了又怎样，至少我很坚强我很坦荡；我不放弃爱的勇气，我不怀疑会有真心，我要握住一个最美的梦给未来的自己。

她是当之无愧的情歌天后，她的声音分明就有着非凡的力量，当你受到伤害，遇到感情迷惑，静静地听一首静茹的歌，你会明白，原谅别人就是成全自己，快乐自己。

在静茹的"爱真的需要勇气"里，KTV里每一对情侣都唱出了内心的勇气。时隔一年之后，又有多少情侣是在静茹唱的分手快乐里，下定决心快乐分手。

然而，是人都知道，分手怎么可能快乐。多年后，我在静茹快乐的声音里哭哭啼啼地和小男友分手，打开MSN一边删着关于他的信息，一边收到朋友发来的关于静茹和阿管分手的消息。静茹，唱歌来为我们疗伤的你，为他哭了吗？

我们都一样，淘气又爱哭，明明是自己决心要去做的事情，却又马上因为自己的决定哭了出来。就像我，决定去爱静茹，她幸福了我却哭了；就像她，决定嫁给Tony，却因为终于安定而哭了。

我知道Fish迷们可能很快就要失去静茹，结婚、生子然后退出乐坛。如果——我是说如果，如果这张专辑会是静茹告别乐坛之作，那么《情歌》也可以为她的歌手生涯画上圆满句号。我们在她的歌里，忽然听到某个自己，内心动容，她会不会也在自己的情歌里，为自己找到一个圆满结局？

Tony单膝跪地拿出戒指，递到静茹面前，静茹的眼泪一下就涌出来了，"我愿意！"宗盛在证婚现场发表致辞，静茹再一次流下泪说："Yes，I do."

而我的耳边却还是她当初的那一句：我是宇宙超级勇气美少女，梁静茹，你是谁？

第七部分

非童话故事

　　我喜欢向左，你也喜欢向左；我喜欢水的那种清澈晶莹，你也喜欢水的清澈晶莹。你说你最大的梦想就是成为蓝天上一条向左游的鱼，我说我希望能够成为陪你的候鸟。我们有着同样的喜好，同样的梦想，所以，布梨，我们都彼此好好爱着，一起坚持着那些别人不以为然但却对我们美丽的梦想。

　　　　　　　　　　　　　——树天悠《布梨，布梨》

布梨，布梨

树天悠

　　窗外的雨淅淅沥沥地下着，天很暗，很阴。远处那团乌云像是盛开在苍白天际的灰色的花。阳台那盆可怜的薄荷被雨水打得低下头沉甸甸的，我的心也沉甸甸的。今天，是我们初次见面的纪念日。

　　记忆深处的那天，天蓝如墨。我含着芒果味的棒棒糖，优哉游哉地见到了优哉游哉的你。你独自待在一个鱼缸里，漫不经心地吐着你的泡泡。见到我，你也只是懒洋洋地看了我一眼，继续你的闲游。老板说，你是他店里最特别的小鱼。于是，我对你说，"想跟我做朋友的话，就向左游，否则相反。"你乖乖地贴近鱼缸，吐了个大泡泡。我对你咧嘴笑，看着可爱的你摆着那条独特的尾巴向左游。就这样，从那天起，我们就注定要是好朋友。

　　我将你安放在我的书桌上，致使你终日游在书海中。噢，布梨，现在我真诚地向你道歉。布梨，你是我世界里最最好的朋友了。上次你安静地听我哭，乖乖地待在缸里，是帮我分担我伤心的事么？我喂你的时候，你总喜欢转出一圈圈水花来，那是你的笑吧！"布梨，你是我的晴天娃娃哦！"当你听到这句话时，你淘气地用尾巴溅了我满脸水花，哈，你很皮哦！你总是一个劲地往左游，我知道你的意思，你是说，我们永远不要分离，对么？所以，我叫你布梨，是"不离"的谐音哟！

　　我喜欢向左，你也喜欢向左；我喜欢水的那种清澈晶莹，你也喜欢水的清澈晶莹。你说你最大的梦想就是成为蓝天上一条向左游的鱼，我说我希望能够成为陪你的候鸟。我们有着同样的喜好，同样的梦想，所以，布梨，我们都彼此好好爱着，一起坚持着那些别人不以为然但却对我们美丽的梦想。

　　坏蛋布梨，你总爱开吓唬我的玩笑。你总是翻着白肚皮吓得我茶饭不思，可是当我生气时，又马上现回原形，说我是世界上最傻的爱布梨的笨蛋。每每我生气了，你总会贴近鱼缸做鬼脸，逗我开心。呵，坏蛋布梨，承不承认错误？

印象中的那天阳光很灿烂，我拿着奖跑回家。因为，布梨，我写了关于我们的文章得了奖。一路上，右眼皮总是"突突"直跳，让沉浸在喜悦中的我有点惴惴不安。当我走进房间里，看见又翻着白肚皮的你时，有一种前所未有的恐慌。我不停地告诉自己你其实是在跟我开玩笑，我说，好了，布梨，不要玩了，我生气了。接着鱼缸里毫无动静。我哭了。撕心裂肺地哭。

那晚，我枕着一片湿透的枕巾，发现一条小鱼游进我梦里的天空，一直向左……

布梨，我不怪你的心急，不怪你独自踏上追寻梦想的征程，不怪你的不辞而别，尽管我都恋恋不舍。只是，现在你听见了么？我的泪落在键盘上清脆的声响。

布梨，你现在是不是一直向左游呢？我打开窗户，看着左边的天空，没有尽头。布梨，还记得我们一直看《聪明的一休》吗？一休说："休息一下，休息一下，不要着急不要着急。"布梨，记住哟，不要太累了，要休息一下哦！优哉游哉地吐泡泡吧！

雨停了，布梨，乌云散了，阳光重新铺在我的书桌上。

布梨，我想这是你让我坚强的意思吧！嗯，布梨，我会在蓝天下不离不弃地守护你，但是，布梨，请记住我们那段不离开的时光。

即使你不是最聪明，最乖的，但我也会一辈子喜欢你。

169

再见，安小轮

墨　妮

　　当你第N次以这种极端叛逆、无理外加十足的莫名其妙的方式向我抗议时，我终于明白：你处在的是更年期，不是青春期。

　　虽然你身子骨依然硬朗，虽然你的手脚依旧相当灵活，虽然你仍旧会对我撒娇讨好，但我不得不正式通知你：安小轮，你可以退休了。

　　你被宣布属于我是在半年外加半年的半年前，简单点的说法是去年的6月份。你曾是表弟的爱骑，因为买你时他还不高，所以才有了你那么小的轮。后来他换了新车，你被弃置于阴暗的一隅。他曾向步行的我提出让我将你收留，我断然拒绝，不知为何，反正不想要你。再后来我为了与同学骑车郊游，你才得以重见天日。但你赋闲太久，身子骨也僵硬了，毛病百出，我也因此把你厌恶了。你从那一隅换到了另一隅，继续被冷落。

　　父亲说，买新的吧。

　　算了。我把你勉强接受。

　　日子一天天过去，你的身子骨逐渐灵活，加之你与生俱来的避震功能，柔韧性极好，我用力一压，享受你带给我的动感。

　　我唯一受不了的便是你那叽叽歪歪的声音，时有时无。有时坐得好好的，只是在红灯时休息了半分钟，你的臭脾气就来了。特别是跟朋友一起走时，你的臭脾气让我很难堪。后来我发现，只要我踩得飞快，你也就乖乖闭嘴了；可速度一慢，你又不依了。孩子，飙车很危险知道吗？你在让我玩命啊。

　　我叫你小轮，因为你真的很小轮。每次快迟到时，踩得快休克了，你也跑得飞快了，还不如人家大轮慢慢来。每次组织远足，我想的第一件事便是：亲爱的小轮，你吃得消，禁得住吗？若是你很顽强，我也该瘫痪了。那次去了个挺远的地方，走了好久，我们都累了，你的臭脾气又蹭上来了，叽叽歪歪地发着牢骚。于是便有人很仗义地把你换走了，你倒是很听他们的话，不吵不闹，跑得比任何时候都快，连900块一辆的山地车都被你PK掉了。当时我便感叹：我真的不是伯乐，有眼不识你这匹千里马！结果回来后，那同学便发誓这辈子再也不坐折叠车，尤其是小轮的！你瞧，你都干了什么好事？

话说你还救过我一命。那天我直线猛冲撞上个飞车闯红灯的。那瞬间我脑海里只剩鲜血淋漓的两个字——完了！可是，你出乎意料地瞬间大展神功：首先是那抗震装置极大地缓冲了那猛烈的冲击力，与此同时，你瞬间"折叠"，整个车头歪向一边，又凭借着你能屈能伸的本领把自己极度扭曲，顺从了我的失控。接着，我们不可避免地一齐倒在地上。多亏了你，我仅擦破了点皮。肇事者跑了，我看着面目全非的你，心中满是感动，还有感激。但你的生命力极强，我仅用了五分钟来扭扭折折，你又是你了！我知道，你还是我的小轮，充满安全感的小轮，我亲爱的——安小轮。

我本想与你共度高中的，但你为什么老是造反？一学期下来，你前前后后破了多少次胎？而且每次都是那么莫名其妙：中午还好好的，晚上就瘫痪了。一次，理解；两次，无语；三次，我忍；四次，忍无可忍……每次你造反，我都恨不得把你扔进回收站！可父亲总说修修就好，你比我还会讨别人欢心。等有时父亲又认为你真的太小轮了，提出换新的，这时的你又极顺从，安静又温柔，乖乖地跑着，想着你的好，我实在不忍心把你抛弃。等父亲打消了这念头，你便又开始耍性子……好吧，你很聪明，巧妙地捕捉了我们的心理，要不你哪有今天？早退休了！

我给你冲澡，买贴纸掩盖你的伤口。瞧，我开始在乎你了呢！

可这次你也太过分了吧。那谁老劝我辞退你，我尽力为你维护，因为我的在乎，我的不舍，一学期，你带给我太多。当前晚他又劝我，嫌你又老又破时，你居然敢在这时爆胎，更过分的是前后轮都废了！跟从前一样，在停车场悄无声息地自生自灭。我没出校门就发现了，但听到耳边的絮絮叨叨，我还是把你踩出去。没气的你踩起来好累，而且不知为何很难控制方向。我找了个借口，带你离开。那晚我推着你走了好久，你却只能伤痕累累地回家。

这两天我只好步行。我真的生你的气了，但还是舍不得你。我选择了一种公平的方式决定你的去留——抛硬币。结果很遗憾，我想了会儿，拿着代表买新车的那面对朋友说："要不我买辆一模一样的？"朋友那超无语的表情告诉我，我的话有多么的白痴。是啊，何必呢？就算一模一样又如何？你是唯一的，无可替代的，安小轮。

下午我把新车请进了门。它比你舒适，比你漂亮，比你高贵。但它没有你的动感；它没法像你一样可以大摇大摆地不上锁，它让我提心吊胆；不知是不习惯还是什么，它没你的安全感。但是，它留下、你离开是不争的事实。总有一天，它也会让我非常喜欢。那么，就从这一秒开始，爱护它。但亲爱的小轮，我会记得你的。

再见，亲爱的，安小轮！

何其所幸，有你

KaiOi · 米白

不知道为什么，我突然就想到了你，多米。

依旧记得那个夏日的午后，你随外公第一次出现在我家时你的样子。你甩着额前厚厚的刘海昭告天下你正式入驻我的生活，从那一天起，我们就同居了。你和我住一个房间，用同一个卫生间洗漱，只是你永远不去厨房，你怕油烟味弄污了你栀子花香的白T恤。

你这么一住就是好多年，多到我的10个指头都数不过来了。到后来我就越来越离不开你了，总是跑到你面前和你唠叨这个唠叨那个。我说，多米啊，我今天看了《树下》，七斗的命运真悲惨呢，身边的人都离去了，她和我一样孤单。我说多米啊，今天发了考卷，我怎么好像对成绩都麻木了呢。我说多米啊，夏天的时候我要去看海，我们一起去吧。到沙滩上去拾贝壳。

你在我说这些的时候总是安静地倾听着，偶尔你也会嫌我烦转过身去不看我，但是我挠你痒痒的时候你就撑不住了，你怕痒。你转过头，眼若星眸。我知道的，只有你最懂我，只有你永远会在我身边，听我发牢骚，不离不弃。

我把深蓝色的日记本摊开在你的面前，咬着嘴唇一副忍痛割爱的样子。我拍拍你的肩膀说，哥们，我可只给你看过我的日记本，你可别说出去呀。你用你的眼神表达对我的鄙视，我瞪着牛眼和你对视了几分钟，最后摊摊手说，得了，好女不和男斗。其实你不会知道，我只是眼睛酸了。

你被我拉着去草坪晒月光，没有白天的炙热，草是软软的。我说我们起躺着看星星呗。你也不说话，就那么直趴趴地呈大字形倒下去。然后我在你旁边枕着手臂慢慢躺下。我说哥们呀，谢谢你这么多年陪在我身边，要是没有你，我还真不习惯。我转过头看见你的眼睛在黑暗中忽闪忽闪，我突然嘿嘿地笑，我说，哥们，咱别矫情了，你还感动了啊。你忘了么，今天是愚人节呢。你知道自己被耍了，不再看我，只是望着星星，你看，今晚的夜多美。

五一的时候，我和朋友约好去郊游，激动得彻夜未眠。第二天早晨我打着哈欠感叹镜子里的我黑眼圈怎么那么严重的时候，你在角落用似笑非笑的表情看着我。我看到你的眼睛闪亮如故，一点眼部问题都没有。我彻底地抓狂，我说死男人我恨你，我蹲在角落画圈圈诅咒你天天睁眼睡。之后的日子，这个恶毒的咒语真的实现了，你一夜也没合过眼。但每天早晨你依旧用似笑非笑的表情挑衅地看着我，黑眼圈也没有出现过，这让我很无法接受。

我们穿了情侣装，同样的白色T恤、牛仔裤和棕色帆布鞋。我在烈日下辛苦地骑着单车的时候，你只是坐在我的车后座悠闲地看风景。你甚至一点罪恶感都没有，因为你的理由冠冕堂皇，你不会骑车。

快到目的地的时候，出了点小意外，过桥的时候一个小坎就把你给震得掉到河里了，我转身看到空空的车后座。甚至没想到要叉腰笑你笨就条件反射地去救你了，你看，虽然平时我欺负你多了点，但其实我还是很在乎你的对吧。

后来的结局是你在草坪上晒了一个中午的太阳才把身上的水分蒸发干。其实我在另一头捕蝴蝶的时候，心里有过一秒钟的罪恶感，虽然只是一秒，那我也还是有良心的是不？

多米和我的小日子如胶似漆地过了几度春秋，并且相信能够如我所愿的继续下去，平平淡淡，此生不换。

后记：其实多米只是很多年前外公送给我的一个生日礼物，一个男偶公仔。他一直陪在我身边这么多年，比任何一个曾和我说过地老天荒的朋友都来得忠实。这么些年来，身边的人来来去去，换了一批又一批，只有多米始终以守望者的姿态陪我看尽世事沧桑。他的头发褪色了，衣服旧了，皮肤黯淡了，但星眸一般的眼睛却从未改变。我想，很多年后，我依旧能够和他一起靠着摇椅，晒月光。

我的小苏

夏　忆

一

很久以前，我有一只猫，叫作小苏。

她是我在楼下捡来的。她眼睛一个大，一个小。她脏得分不清是白猫还是黑猫。

她总是被别的猫欺负。她的毛在害怕时会全部竖起来。

每每回家，她就会瞪大了眼睛看着我，看着我走近，跟着我走远，直到我关上门，她依然在门外——我不知道。

于是我就忍不住把她抱回了家。

她不吃老鼠，不吃鱼。即使我拿着小木棍指着她，大叫："乖孩子不许挑食！"她也依然只喝一些水。

她喜欢在被窝里睡懒觉，然后眯着眼睛，望着阳光，似乎穿透了阳光，看到了另一个世界。

她喜欢舔我。柔软的小红舌头在我的手上滑动着，然后乖乖地卧在我的脚下趴着。

每天早上我的第一件事就是看她。

每天早上她的第一件事就是舔我。

我给她洗了一个澡。然后当我再回家，她就消失掉了。

没有人告诉我，她去了哪里。但我终是在楼下的垃圾箱里发现了她的身影，睡得那么安详，那么自然，似乎再也没有人会打扰到她，她可以安安静静地去阳光外的那个世界。

我看着她。她不说话。我也不说话。但我可以听到，她的笑声，一定比在这里幸福。

二

很久很久以前，我有一只鸭子，叫作小苏。

她很喜欢跟在我的后面用她黄黄的扁平的嘴巴啄着阳台上的鹅卵石。她是我剩了一元的早饭钱在学校门口的小商贩手里买来的。

爸爸说，这是病鸭子。我没听见。我只是带着她，在阳台上晒晒太阳，让她啄啄小米，喂几片青青的菜叶子。

她喜欢水。但她太小了，我怕她被淹死，就把她放在纸杯子里，她却不愿意在杯子里安静地站着。

我的阳台上没有虫子，但她总是跳过菜叶和小米，在墙缝里啄着。我不知道她在啄些什么。

当我兴高采烈地捧着几条让楼下男孩帮忙捉的蚯蚓回家时，阳台上却是空空的。

妈妈说，她把小苏送给了湖边一个养鸭子的小女孩，那里有许多她的同伴。

于是我就很高兴。小苏会幸福。

当过了一年后，妈妈说，其实，那天，小苏已经死掉了。

我都懂。谢谢妈妈。

谢谢你明白，我像爱你一样爱着小苏。

三

很久很久很久以前，我身边的一个女孩，叫作小苏。

当然，她现在还是叫作小苏，但她已经不在我的身边了。

她喜欢穿着花花绿绿的衣服，上面有着花花绿绿的扣子，她总说，等到她长大了，衣服穿不下了，就把扣子给我。但我至今也没有收到她的扣子。

她喜欢扎着一个马尾辫，走起路来一摆一摆，像一个骄傲的女皇；她想给我扎马尾辫，但我的头发还不够长。现在我有了长长的头发，小苏，什么时候给我扎呢？

她家后院养了一群小鸭子，她经常和我一起给它们喂小米。她的后院有许许多多的植物，和许许多多的小虫，小鸭子们在我们的身边跳来跳去，幸福的色彩在我们身旁晃来晃去。

她说她想做一只猫，那种经常出现在她的屋檐上然后纵身一跃一条黑影就消逝在空中。于是，她就像那只猫，纵身一跃消失在我的记忆里。

她喜欢天上的星星。我却不喜欢那种遥不可及的东西。她很认真地对我说，每一颗星星就像一个人，你看着很近，其实很远。

小苏，现在的你，像天空中被云层遮盖的星星，明明知道你就在那里，却永远看不见。

然后你就离开我了，我的小苏。

以后，我再也不要喊小苏。

请你们，留在我身边。

我的鲁鲁猪

草草猪

　　我的鲁鲁猪，是一头猪，一头母猪，在我很小很小的时候，我和它在一起。

　　小时候，爸爸妈妈经常吵架。每次他们吵架，我就害怕。我躲在没人的地方哭。有一次我蹲在猪栏旁边，一搭一搭地哭。猪栏里有好几头猪，有一头摇摇晃晃地走近栅栏，朝我温柔地吼了几声。我抬起头看到它满眼的不解和怜惜，觉得好温暖，就伸出手摸摸它的鼻子，像鱼刺那样粗糙的毛刮着我嫩嫩的手掌。它很友好地蹭蹭我的手。我破涕为笑，高兴地拍着它的头。

　　这样，我和它成了好朋友，我叫它鲁鲁。

　　鲁鲁和其他猪是不同的，这一点我深信不疑。我看到它黑色的眸子里闪着异样的光，时而灵动时而忧伤，就像人。我相信它是一头有感情的猪。

　　我每天放学都会去猪栏玩。每次听到我的笑声和叫唤声，鲁鲁就会迅速爬起身，欢快地奔到栅栏前，我摸摸它的鼻子，它蹭蹭我的手。然后我就跟它讲学校里有趣的事情。我给它唱老师新教的儿歌，鲁鲁也会呀呀地哼着。我告诉它班里那个大胖子把我打哭了，这时鲁鲁会露出凶狠狠的眼神，然后我就安慰鲁鲁说算了算了，我们大人不计小人过。然后我们又开心起来。有时我高兴得活蹦乱跳，鲁鲁也在猪栏跺着脚转圈子，我们大笑啊，大叫啊。后来妈妈喊了句："怎么那么吵啊？"我们立刻停下来，我朝鲁鲁打了个"嘘——"的手势，然后快活地眨着眼睛。

　　我和鲁鲁一直这样快乐地生活着。它一见到我就会凑过来，可爱地看着我。

　　后来，鲁鲁长大了，它要当妈妈了。爸爸妈妈可高兴了。他们给鲁鲁安排了一间独立的猪栏，还给鲁鲁更营养的食物。我也高兴极了。每天一放学，我就跑去找鲁鲁。我叫鲁鲁靠过身来，它缓缓地转过身，我轻轻地摸摸它的肚皮，圆圆的，鼓鼓的。鲁鲁眯着眼睛躺在地上，柔柔的阳光洒在它身上，弥漫着幸福的气息。

不久，鲁鲁生猪仔了。那天爸爸妈妈都在猪栏忙里忙外的。我听见鲁鲁震天的嘶叫，就伤心地哭了。我看鲁鲁的眼睛，告诉它要坚持住。鲁鲁只是一个劲地叫，痛苦地嘶叫着。我难过极了。

终于完事了。爸爸叫我不要靠近猪栏，说生了猪仔的母猪很凶的。我答应着，背着他悄悄去看鲁鲁。鲁鲁有点虚弱，安静地躺着。猪仔们整齐地伏在它肚皮下吮着奶。我叫了声鲁鲁，鲁鲁看到了我，正准备起身，我叫它躺着，然后跳进猪栏。我摸着鲁鲁的鼻子，它温柔地蹭蹭我。我看看猪仔们，又看看鲁鲁，开心地说："鲁鲁，你是妈妈了，你要当个好妈妈呀！"鲁鲁蹭蹭我的手，幸福又害羞。

不久后，爸爸妈妈又吵架了。这次好严重。爸爸把妈妈推到地上，还拿棍子打妈妈，我拦住爸爸，爸爸把我推到妈妈那里。妈妈抱着我泣不成声。妈妈说要带我走。

我偷偷地跑到猪栏，哭得像个泪人儿。鲁鲁急急地奔了过来，怜惜地看着我。我哭着说："鲁鲁，我要走了。妈妈要带我去很远的地方。我舍不得你。我走之后，你要好好照顾自己……"鲁鲁忧伤地看着我，不动也不叫，我摸摸它的鼻子，哭着跑开了。

我和妈妈去了很远的地方。我和我的鲁鲁永远再见了。

那天我做梦了。梦见我和鲁鲁，躺在草地上，晒着太阳。

我摸着鲁鲁的肚皮挠它痒痒，鲁鲁噜噜地笑，然后我们在一起跑啊跑……

后记：真的有这么一头鲁鲁猪，陪我度过童年。鲁鲁猪，我在想念你。你在天堂要好好照顾自己。我是草草猪。

亲爱的小兔崽子

夏小正

你是我付10块钱代价弄到手的压寨兔子。不是活的，也不是死的，也不是半死不活的。应该说你是假的，只是一个兔子形象的笔袋。你的学名叫metoo。好名字啊！但人家安东尼的兔子娃娃都有个专门的名字——不二，但那个太日式了，我这个爱国者牌的给你弄了个中国式的名字——小兔崽子。

小兔崽子，我对你不好，我知道。我老说你长得太老气了（原谅我这个诚实的人吧），但按照现在主人我随便往大街上一站十次有九次被叫美女的情况，我也跟这个潮流美化下你吧。叫你"小崽子"。希望能起到脑白金的效果，让你年轻态。当然，从某种意义来说，你是没有年龄限制的。有可能哪天我都不在了你还在，这也是有时我看着你心里会发慌的原因。我一直在变，而你不会，最多只是旧点。

小兔崽子，我对你不好，我知道。我总嫌你表情怪，似笑非笑，瘆得慌。但如果你完全不笑吧，就跟面瘫似的，真的笑吧……谁见过兔子会笑的？假的也不行！

小兔崽子，我对你不好，我知道。我欺骗了你，当初我把你弄进门时我发誓，一个月至少让你洗一次澡。第一个月我完全做到了，给你的待遇和那些臭袜子的不一样，老高老高的，是舒肤佳呢！只是帮你洗一次澡再到晾干再次投入使用足足要花一个月。简单说就是你第二个月完全在晒太阳，你脑子里有没有逻辑先不管，反正你给我想想，完全不工作的休假期间有哪个人可以拿工资享福利的？兔子也不可以！于是，你的第一次洗澡也就成了最后一次。因为主人我无法再离开你一个月嘛。再于是，你就越来越有"犀利哥"的风范，成了一只"犀利兔"。什么，你说你的理想是当一只兔斯基？啧啧，就你那样，充其量是一只流氓兔！

小兔崽子，我对你不好，我知道。每次我一用笔，就需要你趴在桌子上，拉开你背部的拉链。那画面的你活脱脱的像被开膛破肚，曝尸街头。同学都喜欢你，都喜欢玩你，譬如将你本来就不长的耳朵打个结，将你挂在梁子上扮招财猫……我从来就是由着他们的，从不英雄救你这个不美。心情不好就更来劲了，看着你一副永远事不关己的似笑非笑，心里特别不平衡。一小巴掌拍过去，原谅我家庭暴力了。因为我猜你也许不会疼。对吧？我说也许。

小兔崽子，我对你不好，我知道。但我现在想请你不计前嫌的当我模特了，在书桌上我操弄着台灯，装模作样的像照相馆里那样摆弄灯光角度。想为你照一张丑丑的照片，本来我也想形容为美美的，但不好意思，你自己长得太丑了，我尽量把你弄本色点。

哼哼，小兔崽子，我对你不好你也没法子吧！这感觉老爽了，怎么，不服气？有种你咬我呀，不是有句话叫兔子急了还咬人么？好了啦，别腹诽了，你鼻子下面蹭到了一块脏东西，跟流鼻涕似的，你太不讲卫生了！但好歹要懂礼貌吧，来，说句主人你最帅了听听……

后来，你好吗？

Iven

阳台上的那一个纸箱子还为你留着，里面的牛奶香味还未散去，只不过从香浓变得淡雅起来。箱子前的那块毛巾我一直都没有洗，因为那上面还存有你的味道。

你就那样无声无息地离开了，静到让我感觉像做了一个梦，我一直在梦里没有醒来，当我睁开眼睛的时候就可以再次看到你蜷缩在墙角的身影。

可这个梦，未免也太长了点，是还没到醒的时间，还是已经醒不来了？

涟涟，或许是怜怜，又或许是蔫蔫，呵呵，和你一起度过半年了，却还没弄清楚你的名字到底是什么。

182

一

看到你的第一眼是在院子里的角落，你就像一个皮球一般蜷缩在那里，似乎很冷，瑟瑟发抖，身上的毛黑一块白一块，沾着脏脏的泥巴。

然后"niannian"就脱口而出了，不知道为什么要这样唤你，感觉，只是感觉而已。

你警惕地看着我，想要逃跑，可惜你呆的实在不是什么好地方，一个小墙角，两面除了墙就是我了。

你眯着眼睛，轻盈地走到我面前，在我脚下嗅嗅，然后从我两腿之间钻过，离开。

我就那样呆呆地看着你，你头也不回地离开。

第二次见到你是在楼底吧，你和隔壁那只凶猛的汪汪对峙着，它似乎要向你扑去，你敏捷地闪到了我的身边，汪汪只好悻悻地离开了。

你抬头看了我一眼，然后大摇大摆地准备离开。

"niannian。"我脱口而出，呵呵，想起那个时候的自己，也许有些无厘头吧。

你喵了一声，算是应答。

看到你走远，我便准备回去。

你却突然反弹回来一般，紧紧咬住了我的裤脚。我转身，呵呵，汪汪还"依依不舍"地在那里等着你呢。

然后我抱起你，然后我们一起回家。是我们，一起。

然后呢。

你就成为我们家的一员了。

二

我知道你是一只不安分的猫，一直都是。

在我看电视的时候，你总是喜欢跳到电视前挡住我的视线，左右摇摆，来吸引我的注意力，等我想和你玩时，你却摇摇尾巴，似乎和我说再见，然后就不知道躲到哪个角落里去了。

你总是喜欢阳台和门口这两个地方。每当有人从门外进来，你似乎精神就一下来了，不管是谁，你都会用一种期待的眼神看着他——期待，那时的我不知道，你究竟在期待着什么。

你喜欢在阳台上晒太阳，我坐在椅子上，你趴在椅子旁边，一口一口浅浅地饮着牛奶，弄得满脸白色，在金色的照耀下显得格外迷人，美好得就像童话故事般。看着你我总是会想，你会不会某一天就突然变成帅气的王子。但你终究是一只普通的猫，没有遇到巫婆来对你挥舞魔法棒。

虽然那个箱子是我专门为你准备的窝，但你却一次都没有在那里睡过觉——呵呵，我一直都知道，你在我面前乖乖地钻进箱子，等我一走，就爬上阳台的钢丝，悬挂着，惊险极了。

但当我无意中发现你每天睡觉的地方，钢丝已经被你咬穿了一个洞时，我却突然明白了。

你想离开。

心里突然就慌乱极了。

你还是懒洋洋地趴在那里，偶尔抬起头来看看我，喵喵地叫几声。

我蹲下来，看着你，你是否也感受到了我的注视？

"niannian……不要离开，好吗？"

我望着屋里还在不停为了一些鸡毛蒜皮小事争论的爸妈，抱起了你。那是我第一次抱你吧，你也是第一次，没有反抗吧。

"niannian，我知道你想要自由，可是就算我贪心一下，让我依靠一下，好吗，我不想再孤零零一个人了。"你用柔软的爪子蹭了蹭我，我相信，你能懂的，是吧。

看着你在我怀里安心地睡着，我突然就很安心。

然后每天对你说着学校里发生的大大小小的事，偶尔心情好也会哼些歌给你听，若是伤心，就抱着你默默地哭。你总是在那时候很安静，一动不动任我抱着。

每天，和你一起晒太阳，为你冲牛奶，偶尔给你洗洗澡，你的毛真的很柔软，犹如新生的婴儿一般。

184

三

半年就这样晃过了。

我以为我们就会一直这样下去，但当我看到那个洞又变大了些，大到足够你轻轻一跃就离开时，我手中的牛奶一下子就摔在了地上。

你在我脚边轻轻舔着洒了的牛奶，一切如从前，但我为什么想要流泪呢。

然后，该来的，总是要来的，我们都躲不过的。

那天领到成绩单我兴奋地跑回家，不想和爸爸妈妈说，只想和你这只猫一起分享这喜讯，但阳台空空如也。

门口空空如也，厨房空空如也，客厅卧室空空如也。

我的心也突然变得空空如也。

阳台上所有的东西都没有变化，就连我痛恨的那个洞也还是那么大，因为我希望有一天你会想起我，然后再回来，我们再开始以前一样的生活。

当我趴在阳台上发呆时，也总会看到一个身影一跃而过，那是你吗，我亲爱的niannian。

niannian，应该是念念吧。

从一开始，就注定要思念的，不是么。

那，我可以问一句，现在的你，自由的你，离开了我的你——

还会被大狗欺负吗，还会迷恋牛奶的味道吗？

还记得曾经有一个依赖你的人吗？

后来，你好吗？